グッバイ、マスターピース

新馬場新

双葉文庫

目次

グッバイ、マスターピース

プロローグ　ある日の渚にて

積み上げた感情はいずれ、崩れてしまうのだろうか。

小さい頃に遊んだ積み木のように、どれだけ悩み、楽しみ、苛立ち、喜びをもって育んだとしても、いつかは形を失ってしまうのだろうか。

例えば、記憶も。

囁《ささや》くような鼻歌。大きく膨らんだ午後の陽射し。小さな掌で摑んだ陶製のカップの重み。液化した宝石みたいなオレンジジュースの輝き。青い便箋の上を一歩一歩進む、背の低い鉛筆。たまに鼻を突く鉛の匂い。彼の笑い声。

いつかは積み直し、思い出せるのだろうか。長い午後に身も心も囚われている、この日々を。十畳のリビングを満たしている、音や光や匂いの数々を。

たぶんそれは難しいことなのだろう、と彼女は思う。日を経るごと、歳を取る度、難しくなっていくのだろう。お母さんを見ていれば、なんとなくわかる。子どもが夢中になるものに興味を示せない大人を見ていれば、なんとなく、わかる。

だから、鮮やかな記憶や感情は花と同じだ。わずかな期間しか色づかない。

彼女はひとり合点し、頷いた。小さな手に握った鉛筆に力を込め、書きかけの手紙に精一杯の色を刻む。今感じていることを、思っていることを、保存するように。

少女は、息を吐いた。指先で鼻をひとこすりし、完成にはほど遠い文《ふみ》を持ち上げて、その出来栄えを吟味した。

はいけい　『手を伸ばせ！』の作者さま

こんにちは。

わたしは、糀谷《こうじや》先生のマンガを読んでいるファンです。

なので、これはファンレターです。

わたしは、はじめてこういった手紙をかきます。

先生のマンガはとてもおもしろくて、毎月楽しみにしています。

単行本も買っています。これからも楽しみにしています。

書きたいことはたくさんあるのですが、たくさんありすぎます。

なので、今日はひとつだけおねがいをかこうとおもいます。

それは、このマンガのさいごは、どうかみんなが――。


「ちょっと凪斗《なぎと》、見ないでったら」

少女は大慌てでローテーブルに突っ伏した。小柄な身で未完成の手紙を覆い、羞恥に頰を赤らめる。

「なに書いてんだよ」

「なんだよ、ちょっと気になっただけだろ」

凪斗と呼ばれた少年はリビングの中央にあるクリーム色のソファに飛び乗ると、手に持っていた漫画の単行本をぱらぱらと捲《めく》り、「はぁ」とわざとらしく嘆息した。

「ま、いいや。それよりもさ、波《なみ》。この次の巻まだ出てないんだっけ」

波と呼ばれた少女は身体を起こすと、じとりとした目つきで凪斗を見遣った。

肩まで伸びた艶のある黒髪は、窓から射し込む夕暮れの茜を受けてちらちらと琥珀の輝きを放っている。

「あたしの家のこと図書館かなにかだと思ってる？」

「貸出してくれないくせに、なに言ってんだよ」

「凪斗に貸すと漫画の間にお菓子が挟まってたりするんだもん……だから女子から嫌われるんだよ」

「え、俺、女子に嫌われてんの？」

波は肩を落とし「知らないよ」と額を押さえた。凪斗は「んだよ」と舌を鳴らすように言い、視線を漫画へと揺り戻す。

「で、次の巻はいつ出るんだよ」

「それが出たのが二ヶ月前だから……たぶん、再来月の十五日」

「そんなかかるの⁉」

「そんなかかるの」

「まじかよ……あーあ、寝たら二ヶ月経ってないかな」

波の家——二藍《ふたあい》家のソファに寝そべりながら、凪斗は失望と期待を半々に含んで頬を膨らませた。表紙カバーの折り返し部分に映る、髭《ひげ》を生やした著者の近影が彼を見てぎこちなく微笑んでいる。

幼馴染の締まりのない横顔を眺めながら、波は「そんなに寝たら死んじゃうよ」とそっと口元に手を当てた。それでも、唇の奥に隠した柔らかな笑いはするりとその隙間から零《こぼ》れ落ちて、床で跳ねる。

「そんなにハマったの？　その漫画」

波は唇をわざと尖らせながら訊《き》いた。

「すげえおもしれえ。傑作だ、傑作！」

凪斗はまるで宝物のようにその漫画を掲げた。ようやく骨格が整ってきたばかりの身体に支えられる漫画は、宇宙を舞台にした壮大なものだ。

「いつか俺も、こんな傑作描きてえなぁ」

ぽつりと零した彼の顔は濃い夕光《ゆうかげ》に照らされて、まるで見られるのを拒むくらいに険しく光った。波はそれに思わず目を細め、けれど口だけは頑なに閉じずに、「ねえ、いつかさ」と言葉を紡いだ。

「凪斗が描いた傑作、あたしにも読ませてよね」

「いいけど、そん時は大先生って呼んでくれよな」

得意気な彼の態度に、波は「別にいいけど」と困ったように笑い、続けた。

「じゃあ、約束ね」

彼女の言葉に凪斗は一言、「ああ」とだけ返し、またソファに倒れ込んだ。

「忘れちゃダメだよ」

波は肺から浅く息を抜き、書きかけの手紙を単行本の間に挟み込んだ。

十歳を迎えたばかりの彼らが過ごした、春の日のこと。

不安になるほど剝き出しの夕空が、窓の外を彩っていた。

第一章　波打つ日常

「凪、帰りさ、いつもんとこ寄って帰ろ」

「いいよ」

着崩した制服の裾を揺らしながら、ふたりの男女が昇降口から正門へと抜けていく。校庭の脇に生えた木々は既に桃色の化粧を落とし、緑の枝先を露わにしていた。

県立遠塚《とおつか》高校は部活動が盛んな学校である。放課後であっても敷地内からは活気に満ちた若々しい声が絶えることなく響いている。公立高校としては県内でも有数の広さを誇るグラウンドでは、野球部が赤く滾《たぎ》る声を上げ、本校舎から渡り廊下で結ばれた部室棟では、多様な文化部が青い春を謳歌している。

「あっ、やば」

隣で話すクラスメイトに適当な相槌を打っていた凪斗は、ふと、背後の建物に気の進まない用事があったことを思い出し、歩を止めた。

「どしたん？」

「いや、借りたもん返すの忘れてた」

「えー、なにそれ」

と、不満げなため息を漏らす友人に、凪斗は「先行ってて」とだけ残し、再び校舎の中へと吸い込まれていった。

埃っぽい昇降口でくすんだ上履きに履き替え、階段を一段一段踏みながら二年三組の教室に入る。新学期がはじまってからの数日間は、学友の素性を知るべく、放課後に無頓着な雑談が行われていたが、三週間も経った今では、そんな瑞々《みずみず》しい時間の残り香さえ感じられない。

「うわ、ちょっと折れてるし」

自身の机から公民の教科書を抜き取った凪斗は、表紙の角にわずかな折り目が付いていることに気が付いた。口うるさい貸主からの小言を想像して、凪斗の気持ちは快晴の空模様とは対照的に、どんよりと曇り出す。

ま、どうしようもないか。

彼は口の中でひとりごち、教室を出た。

じとりと湿った気持ちを引き摺り、凪斗が訪れたのは、屋根だけ付いた吹きさらしの渡り廊下を通った先にある部室棟の四階、そこに居を構える手芸部の部室だ。隣にある漫画部の部室を流し見て、小さなノックをひとつ添える。立て付けの悪い引き戸はぎしぎしと数回鳴いてから、凪斗を室内に受け入れた。

「あれ、凪斗？」

柔らかな布のにおいに満ちた手狭な部室。その中央で屈んでいた少女は、突然現れた幼馴染に目を丸くした。彼女の手には太い裁縫針が握られていて、針先には制作中の宇宙服がある。無論、宇宙で活動できるような大層なものではなく、少ない部費で買い集めた安い布地を継ぎ合わせて作ったコスプレ用の衣装である。想像上の月面を踏むための脚すら、まだない。

「返し忘れてた」

凪斗は胴だけの宇宙服を見るでもなく、スクールバッグから教科書を取り出した。表紙を飾る公民の二文字を見て、波は、彼がここに来た意味をようやく看取する。

「私も貸したの忘れてた」

「んだよ、だったら黙っとけばよかった」

「明日の四限で絶対思い出してたから無駄だよ」

からからと笑った波は教科書を受け取ると、隣で縫い物をする部員の肩をちょんちょんと叩いた。「紡《つむぐ》ちゃん、こいつが例の幼馴染」と指先だけで凪斗を紹介して、垂れていた髪を耳にかける。

突として水を向けられた少女は、一瞬、緊張を唇に這わせてから、柔らかな猫っ毛を揺らして会釈した。長くはない後ろ髪が淡いブルーのシュシュでまとめられていて、うなじに残る幼い印象はまるで隠せていない。

「はじめまして。白井《しらい》紡、です」

「ああ、この子が新入部員の」

「そう、紡ちゃん。かわいいでしょ。手先めっちゃ器用なの。裁縫だけじゃなくて、アクセサリー作ったりとか、あと、なんかいろいろ直したりもできるんだって」

「すごくない？」とはしゃぐ波に頭をわしわしと揉まれ、なすがままにされる紡を見て、凪斗は二人しかいない手芸部が夏にはひとりになってやしないか、少しだけ心配になる。

「それじゃ、俺もう――」

「おい、汐見《しおみ》！　別に部室を使ってもいいんだぞ！」

凪斗がスクールバッグを肩に掛け直す瞬間、隣の部室から声が伝わってきた。それは男らしい低い声ではあるが、通りの良い声だった。その声に続いて「いえ、今日は失礼します」と、凛と澄んだ女性の声もする。

あまりに筒抜けな声に、凪斗は思いがけず波に視線を投げかけた。

「あはは、部室棟って、結構壁薄くてさ」

「いや、壁薄いっつうか。隣、漫画部だろ。あんな大きな声出すのかよ」

「まあ、わりと頻繁に。——隣、気になる？」

「別に」

凪斗の薄い反応を契機に、すっ、と束の間の沈黙が訪れた。

南側の窓から射し込む春の陽が、波の艶やかな黒髪を茜色に染めている。あの日と変わらぬ長さ、色合い、柔らかさ。繊細なガラス細工みたいな彼女の髪は、遠く背後に堆積したかつての日々が透けて見えるようで、心がざわめく。

「それじゃ、たしかに返したから。俺、行くわ」

「あっ、ちょっと待って」

紡の後ろ髪をシュシュでまとめ直していた波の声が、踵《きびす》を返した凪斗の裾を摑む。「漫画部で思い出した」と楽しげな声を浮かべる波に、凪斗は苦々しい予感を胸に抱えたまま振り返った。

「なに？」

「これ、もう読んだ？」

波の手に握られていたのは、幼い頃に読んでいた漫画『手を伸ばせ！』の最新二十三巻だった。興奮気味に「今、すごいアツい展開なんだよ」と語る波の顔を、凪斗はひどく冷淡な目で見つめている。

「糀谷麹《こうじ》先生、ホント天才。主人公が土星遠征クルーに選ばれてさ、それでヒロインと離れ離れになりそうなんだけど──」

「読んでねえよ」

「あ、そっか。このまえ出たばっかだもんね」

「そうじゃなくて、もうその漫画読んでないんだって」

「え、うそ。どこから読んでない？　貸すよ？」

「いや、いいってば」

「よくないよ。こういう傑作を読んでおかないと、将来漫画家になった時に大変なんだから」

思わず、凪斗は鋭く息を吸った。

「いいって言ってんだろ。俺、もう行くから」

ぴしゃりと音を立て、閉まるドア。その音は明確に棘を帯びていて、部室に残された二人はびくりと肩を強張らせた。

彫像のように固まってしまった紡に、波は「根はいいやつなんだけどね」と困ったような顔を向けてから、角の折れた教科書を左手でそっと、ひと撫でした。

「先輩、大丈夫ですか？」

「凪斗ったら最近、なーんか冷たいんだよね。思春期かな」

「いや、そうじゃなくて」

紡は、波に器用と評された人差し指をすっと伸ばした。

「手が少し震えてる、かもです」

「え？」

苦し気に折れた教科書の角。そこを摘まむ波の左手は、たしかに震えていた。

ふるふると小刻みに指がざわめく症状に身に覚えのない波は、はたと小首を傾げた。

「なんだろ、疲れてるのかな」

気丈に笑い飛ばした彼女の横顔には、黒い影が落ちている。

窓から射し込む四月最後の夕陽が、部室の隅まで白々しく染め上げていた。

◯

「それで飛び出して来たの？」

「おう」

駅前のファストフード店、入り口近くの狭いテーブル席が彼らの定位置だ。

フライドポテトとドリンクカップを載せたふたつの配膳トレイが、綺麗に並んでいる。店内には漫画『手を伸ばせ！』のコラボポスターが貼り出されていて、五百円以上の注文をした上客に配るためのキャラクターグッズが、レジ前に丁寧に並べられている。

これから相応の期間を掛けたコラボレーションイベントが行われることもあって、店内は一層活気が良い。普段は数少ない子連れ夫婦の姿も目立つ。

対して、眉をひそめる男子学生もいる。彼の正面に腰掛けた少女はしなびたフライドポテトをほおばりながら、「ひどい男だねー、凪は」と、悪びれもせず呟いた。

　肩までは届かない彼女のショートヘアーはわずかに赤味を帯びていて、指先を飾る薄紫色のネイルとともに、店内の明かりを受けて輝いている。英国人である祖母から受け継いだという、自慢の髪だ。

　彼女はその髪を油のついていない右手でさりげなくかき上げ、凪斗に言った。

「ちゃんと謝りなよ。女子って、そういうの結構気にするんだから」

「やだね。俺は人に頭下げんのが嫌いなの」

「うわっ、最悪」

「だいたい、あやめだってあの漫画は子どもっぽいから読むの止めたって言ってただろ」

「ま、それはそうなんだけどね」

　漫画部に籍を置く桃倉《ももくら》あやめは「そういうことじゃないんだよ」と、硬度を失ったポテトを再び口へと運んだ。桜色の唇が、染み出た油で艶やかに濡れた。

「二藍さんとは幼馴染なんでしょ？　もう少し優しくしてあげたら？」

「充分優しくしてるっつうの。というか、幼馴染って言うのやめろ」

「事実じゃん」

「そうだけどさ」

ふてくされるように口をすぼめ、もう氷しか残っていないドリンクを啜《すす》る凪斗。滑りの良くなった喉から、苦々しい感情が溢れ出す。

「あいつ、子どもっぽいんだよ。言動とか、趣味とか。俺たちもう高校生なのに」

「そういうところが男子には人気なんじゃないの？　二藍さん、結構モテるらしいじゃん」

「しらねーよ。そんなこと」

凪斗は出所不明の苛立ちを逃がすように、ストローを咥える顎にぐっと力を入れてから、勢いのままにドリンクカップをトレイに置いた。表面についた水滴は弾け、キャラクターの塗り絵が印刷されたトレイシートはまだらに濡れる。

あやめはそんな凪斗を見ながら、「あんただって子どもじゃんか」と思いはしたが、それを口にすることはしなかった。代わりに、彼女にはどうにも整って見えてしまう横顔を眺めて、いつもみたいにコーラを啜る。

「つうかよ――」

あやめの視線を叩き落とすように、凪斗の喉から苛立ちが発せられた。彼らの後方では誰かの来店を知らせるチャイムがやかましく鳴り響いており、あやめは彼の言葉を聞こうと、身体を前に傾ける。

「いつまでも昔の話しやがって、腹立つんだよ。何年も前の話を持ち出してくるところとか、まじでうぜえ。なにが漫画家だよ。どうしようもないこといいやがって。未だにあんなガキっぽい漫画読んでる奴に、将来の話なんてされたくねえんだよ」

「凪、ちょっと言いすぎ――」

言下に、あやめの顔は引きつった。先ほどのチャイム音は警告だったのではないかと、あらぬことまで考えてしまう。

あやめと同じ制服を身に纏《まと》った女子生徒が二人、チャイムの余韻に立っていた。淡いブルーのシュシュで後ろ髪を束ねた少女が、隣に立つ先輩の顔を潤んだ瞳で見遣っている。

「せ、先輩……？」

背の低い方、白井紡が口を開く。彼女の瞳に映るのは血の気の失せた白い顔ばかり。掠れた問い掛けも宙を舞うのみで、愛おしい先輩の耳には届かない。

波は胸を押さえ、ひゅっと息を吸ったかと思うと、ガラスが割れるようにして、その場に倒れ込んだ。

○

夏の匂いをわずかに含んだ風が、校舎の壁面を撫でている。衣替えを終え涼しげな格好で歩く生徒たちの多くは、その顔に笑みを浮かべているが、そうではないものの姿も見受けられる。

六月下旬。梅雨の飛び地のように、よく晴れた日。未だ学校に姿を見せない幼馴染のことを思い、凪斗は沈んだ表情で廊下を歩いていた。

「凪、今日はどこか寄ってく?」

半歩後ろには、あやめがぺたぺたとついてきている。その声色は普段よりも丸くて、甘い。「そうだ」と跳ねるように凪斗の横に並び出て、携帯電話の画面を見せる。

「今さぁ、コーラがどのサイズでも同じ値段で頼めるキャンペーンやってるんだよ。こんなん、Lサイズ以外頼むわけないじゃんね」

言ってから、彼の顔を覗き込む。凪斗は表情を変えることなく「いや、やめとく」と小さく零して、かかとの擦り減ったローファーに履き替えた。

「また病院行くの？」

あやめは追うようにして、下駄箱からローファーを摘まみ上げた。

「おう」

前を行く凪斗の背中から視線を外したあやめは、ぴたり、とその場に立ち止まった。指先に掛かったローファーは所在なさげに揺れ、片方だけ脱ぎ捨てられた上履きはうら寂しい。

「二藍さん、元気になるといいね」

自身の精一杯を詰めた言葉に、返答らしい返答はない。ぎゅっと引き絞られるような胸の痛みに耐えながら、「じゃあ、あたしは部活にでも行こうかな」と、あやめは彼に聞こえるようにひとりごちた。

「おう」

無論、返ってくるのは気のない譫言《うわごと》のみ。ファストフード店で波が倒れたあの日から、既に二ヶ月。ずっと、この調子が続いている。

あやめは自分にはどうしようもないことだと割り切り、上履きを履き直してから、部室棟へと急いで歩いた。すれ違う生徒の疎ましさに、思わず目を伏せる。

軽薄な音を立てる上履きが憎たらしくて、階段の踊り場で立ち止まった。

誰にも見られないように、つま先を一度だけ壁にぶつけてみる。ごつん、と鈍い音が鳴っただけで、胸の痛みに代わるものはない。

凪はいつも、飲み物なに頼んでたっけ。

「わかんないや」

あやめは呟き、またつま先をいじめてみる。

なにか声がした気がして、凪斗は一度だけ振り返った。正門から耳をすませば、野球部の主将が飛ばす掛け声だと、すぐに気が付いた。

視界の左半分を占める校舎、右半分を埋める校庭。その中央線上、遠く奥の方、四階建ての部室棟が静かに建っている。四階には手芸部の部室があるはずなのだが、正門からでは中の様子は窺えない。

波に手先が器用だと評されていたあの少女は、今でもひとりで部活動を続けているのだろうか、凪斗は一瞬、そんなことを考えた。

考えて、それから、小さく息を吐いた。

俺のせいじゃないって。そう信じるほかなかった。

次の季節を控えた空が、青く青く広がっている。

あれから二ヶ月。波は、一度も目を覚ましていない。

○

「凪斗くん、いつもお見舞いありがとう」

「いえ、学校の帰りに寄ってるだけなんで、全然」

波の母親に下手な愛想笑いを見せた凪斗は、「これ、今週分の授業のノートです」と薄紅色のキャンパスノートを数冊、手渡した。

波へのお見舞いは、両親の意向で基本的には断られている。日々やつれていく娘の姿を衆目に晒したくないからだ。故にクラスメイトから見舞い品が届くことはあれど、本人たちが来ることはない。ただ、家族ぐるみの付き合いがある紅藤《べにふじ》家の一人息子、つまり凪斗だけは面会を許されていた。波が倒れた瞬間を目撃したという事実もあれば、即座に救急車を呼び、二藍家に一報を入れたのも彼だったからだ。

いわば凪斗は、波の両親にとって——それが凪斗自身の認識とは違うとしても

──娘の命の恩人なのだ。

「ありがとう。クラスも違うのに」

「いえ、これもついでですから。それに、授業の内容はたいして変わらないんで」

言って、凪斗はもう見慣れてしまった病室内に視線を泳がせた。

波ひとりしかいないこの個室は、きっと一泊するのだって安くはない。太い骨組みのベッドも、傷ひとつない床頭台《しょうとうだい》も、きっと高価で、上等なものだ。

けれど、凪斗はこの部屋を好きにはなれなかった。発色の悪い若葉色のカーテンも、やけに厚い窓ガラスも、退屈な白磁色の天井も、口うるさい波には似合わないと思えて仕方がなかった。

「あの子、こんなに眠っちゃって。目を覚ましたら、ちゃんと勉強ついていけるのかしら」

声が床に落ち、凪斗ははっとする。窓際に立った母親は俯いていた。気丈な声とは裏腹に、ノートを握る手は弱々しく、そこに垂れたままの視線も上がる気配がない。

「あいつなら、ちょっと勉強すればすぐに周りに追いつきますよ。なんなら、眠ったままの今でも、俺なんかより全然良い成績出せそうですし」

凪斗のおどけた言葉に、下ばかり見ていた母親の目はおもむろに前を向く。

「凪斗くんは変わらず優しいのね」

「……そんなことないっすよ」

ゆっくりと持ち上げられた視線に対して、今度は凪斗の瞳が俯いた。唇は柔く噛まれ、手はもどかしげに虚空を握るばかり。それを見た波の母親は「どうかしたの？」と、娘とよく似た声音で訊《たず》ねた。

「いや、なんでも……それじゃあ俺、そろそろ帰りますね」

「そう。気を付けて帰ってね」

「はい。また来ます」

凪斗は目を伏せたまま病室の引き戸に手を掛け、廊下へと出た。去り際にちらりと見遣ったベッドの上では、白いシーツに身を包まれた波が、綺麗な顔で眠っていた。

バスで遠塚駅に戻った凪斗は、西口改札から直結の複合商業施設「トーツーモール」内を取りとめもなく歩いていた。

セラミックタイル製の床とローファーのぶつかる音だけが、彼の耳の奥をむやみに叩く。凪斗の顔に、薄い苛立ちが浮かぶ。耳障りなその音から逃れるように、外に出た。地平線に落ち込んでいく太陽は淀んだ橙色の光を空に放ち、黒々とした夜を呼んでいる。はっきりとしない黄昏《たそがれ》の空に、凪斗の眉間の皺はより深くなっていく。

駅から延びるペデストリアンデッキを早足で歩いた。特に急ぐ用事はない。しかし、先へ向かう理由だけはあった。了承なしに進んでいく時間に反抗しないと、この感情までもが、いつしか眠ってしまう恐怖があった。

気が付けば、駅構内を抜けて東口まで来ていた。凪斗は駅の東口にはあまり縁がない。あやめとの寄り道はいつも西口側のファストフード店だし、東口は青空喫煙所から漏れる紫煙がいつも燻《くすぶ》っていて、なかなか好きになれなかった。

踵を返そうとした時、開け放しの耳を喚声《かんせい》が打った。

「捕まったんだって」

「うっそぉ、信じられない」

思わず首を回す。名も知らない東口の商業施設の外壁が見える。そこに取り付けられた大型ビジョンが、夕方のニュースを垂れ流していることに気が付いた。

誰も見てねえのに、電気代の無駄だろうが。

凪斗は湧き出る憤懣《ふんまん》で舌を鳴らし、駅構内へと戻ろうとした。けれど、耳を掠めたあるニュースに、彼の歩みはぱたりと止む。

凪斗の関心を惹いたのは、とある脱税事件の話だった。画素数の粗いモニターに表示された容疑者を見て、凪斗は無意識に「あっ」と声を漏らしていた。

――人気漫画家、糀谷麴。脱税容疑にて逮捕。

それは紛れもなく、病床に伏す彼女が愛している漫画の作者だった。十年以上前から彼女が愛読している『手を伸ばせ！』の生みの親。その男が、捕まったらしい。

凪斗はこの類《たぐい》のニュースに疎く、関心を持つようなことなど、この十六年の人生で一度もなかった。ただ、今回ばかりは調べざるを得なかった。それは知的好奇心や社会悪への正義感などでは、決してない。

彼が知りたかったのは、求めたのは、ただ一点。

「……なんでだよ」

腕が弛緩《しかん》して胴からだらりとぶら下がる。かろうじて携帯電話を離さない手には、きつい痺《しび》れが息巻いている。

彼が手にした情報は、その身に毒の棘を纏うもの。

『手を伸ばせ！』連載中止。

受け入れがたい事実が、目から脳、脊髄《せきずい》を降下して足先まで駆け巡る。凪斗は無理矢理肺に空気を入れ、身体が瓦解しないよう、ゆっくり顔を上げた。先ほどまで彼がいた病院は、街の景色に覆い隠されていて、ここからでは窺えない。代わりに、音が聞こえていた。ざわざわ、ざわざわ、と道行く人が鳴らす音が絶え間なく聞こえていた。

全身を叩くその音に、凪斗は咄嗟《とっさ》に耳を塞いだ。彼女の愛した漫画が世界から剝がれ落ちていく音に、自分を閉じた。

剝がれた世界の一片には、顔のない笑い声が乗っていた。

◯

すっかり夏の気配が抜けた風が、河沿いの遊歩道を吹き渡っている。遊歩道の隣に延びる自転車道には、ライトパープルが眩しいクロスバイクが一台、駆けていた。

「さっむい」

首で裂く空気の冷たさに、あやめはハンドルから片手を離し、無防備な襟元をきゅっと押さえる。

お母さんの言うとおり、マフラーしてくればよかった。

反省しながら、ペダルを踏み込む。風は一層、強くなる。あやめは短く洟《はな》をすすって、携帯電話で時間を確認した。

「やば、そろそろバス来ちゃう」

あやめは懲《こ》りずに、ペダルを強く踏み込んだ。

運の悪いことに、向かい風のきつい朝だった。


なだらかな登り勾配になっている正門前は、バスから降りた生徒たちで混雑していた。枯葉の絨毯《じゅうたん》の上でくしゃくしゃと音を立てる人群れを、慣れたハンドリングですいっと抜けて、校舎裏の駐輪場へと向かう。始業時間まで十分はあるが、駐輪場の空きは既に少ない。あやめは昇降口に一番近い空きを探して、首を伸ばした。

「あ、汐見……」

乱雑に構成された通学自転車の列の中に、同じ漫画部に所属する汐見玲《れい》の姿を見つけた。晩秋の風に揺れる長い黒髪に「おはよ」と声を掛けてはみるものの、彼女の薄い唇は水平に結ばれたまま、返事はない。

「汐見って自転車通学だったっけ」

あやめはめげずに問う。

「そうだけど、それが？」

汐見は赤いシティサイクルを列の中腹に行儀よく停めながら、答えた。

遠塚高校の生徒の約半数は自転車通学をしている。残りの生徒はバスで通っているため、遠塚駅から徒歩二十分かけて歩く生徒はほとんどいない。バスでないなら自転車で来る。そんなことは訊かなくてもわかるでしょ。汐見は目だけでそう言っていた。

「いや、別になんもだけど。知らなかったから」

「そう」

「その、今の時期だとさ、自転車で通うのって寒くて嫌になるよね」

「マフラーでもすればいいじゃない」

「ああ、うん、明日からするつもり」

「そう」

汐見は自転車から鍵を抜くと「桃倉らしいわね」と吐き捨てて、その場を去った。

あやめは何か言おうとするも、形成された言葉が胸の内にないことに気が付いて、離れていく黒髪から視線を外した。汐見の自転車から遠ざかるようにクロスバイクを押して、結局、昇降口からは離れた位置に停めた。

携帯電話で時刻を確認し、思わず小走りになった。正門のすぐ前にある昇降口に入ると、埃っぽい空気が乾いた喉に貼り付いた。軽く咳払いをして、視線を上げる。すると、上履きをぱたぱたと鳴らして教室へ向かう凪斗の背中が、少し先で揺れていることに気が付いた。

セーフ。

あやめは心の中で腕を水平に伸ばして、自身の下駄箱に跳びついた。いそいそとローファーを脱ぎ、冷えた上履きに足を挿し入れて、歩き出す。

毎日同じ時間、始業に余裕を持ったバスで通学する小心者のくせに、彼の背中はいつも不誠実に歪んでいる。あやめは、その不格好なバランスが嫌いではなかった。

「凪──」

「桃倉、おはよー」

うなじに掛かった声に舌と足が止まる。振り返れば、学年が上がってから同じクラスになった友人──最近ようやく仲良くなった元バレー部の子──がマフラーを解きながら立っていた。

「あ、うん。おはよ」

「ねえねえ、昨日さぁ」

と、無邪気な声と顔であやめを縛るが、話の内容は入ってこない。

まあ、凪とはあとで話せばいいか。

あやめはそう思い、歩調を緩めた。

視界の真ん中で捉えていた凪斗の姿は、気付けば遠くで揺れていた。

「ほいじゃ、来月は期末試験もあるから、ぼちぼち準備はじめとけ」

放課後、二年三組のクラス担任である蔵持善治《くらもちよしはる》が、体育教師らしい大きな身体を揺らして言った。生徒たちのわざとらしい呻き声が、教室内を跳ね回る。

「えーじゃないがぁ、えーじゃぁ」

最前列の廊下側に座るあやめは、泡立つ教室内を対角線に貫いて、最後列の窓側席を流し見た。凪斗の席だ。頬杖をついた凪斗は空を眺めるでもなく、ただぼんやりと俯くばかりで、鑑賞物としては少し物足りない。

「嫌がってもどうせ来るんだ。覚悟を決めぇ。他、なにか連絡事項があるやつ」

教壇からの言葉に返答はなく、生徒らはちゃぷちゃぷとはしゃぐばかり。鼻から大きく息を吹いた蔵持は、柔道で鍛えたという太い指で教卓の天板をかつかつと叩いた。

「おい、沢田《さわだ》ぁ。美化委員からなにか報告があるはずだろ」

「あ、すみません」

「しゃんとせえ、しゃんと」

あやめの左隣に座る猫背の男子生徒が、頭をぽりぽりと掻きながら立ち上がる。「大きな声で」と言う蔵持にひょこりと頭を下げると、大きいとは言えない声量で伝達事項を告げはじめた。

「えっと……期末試験後から来年の春にかけて、部室棟と体育館の外壁工事が行われます。周囲に作業用の足場が組まれますが、えーっと、決して乗らないようにしてください。あと、工事自体は卒業式の直前に完了するみたいですが――」

その後も「あー」や「えーっと」などの有声休止を挟みながら、美化委員の伝達は続いていく。はやく終わらないかな、とあやめが天井に視線を投げたその時、後方から椅子を大きく引く音がした。

「どうした、紅藤」

蔵持が眉根を寄せて訊ねる。携帯電話をきつく握り締めたまま立ち竦んだ凪斗は、なにかを言いかけてから、「いえ、別に」と腰を下ろした。

「それじゃあ静かにしてろ、ったく……。沢田、続き」

妙に力のこもった瞳で教壇を見つめる凪斗。あやめは口の形だけで「アホ」と伝えようとするが、凪斗の瞳は、それを捉えようともしなかった。

○

ひどく翳《かげ》った空の下、凪斗は走っていた。平日の午後三時半過ぎ。終礼の余韻が残る校舎を背に、かかとの擦り減ったローファーが正門前で音を立てる。

立ち並ぶ木々は秋の空気を充分に吸い、濃い黄色に染まっていた。もう、十一月だ。羽織ったブレザーはすぐに用済みになり、凪斗はそれを乱雑にはぎ取った。額に汗が這うのを感じながら、携帯電話に映し出された母親からの連絡を何度も確認する。「今朝、波ちゃんのお母さんから聞いたんだけど」という一文からはじまる情報の信憑性の高さが、凪斗をさらに急がせた。

昨夜遅く、半年ぶりに波が目を覚ましたらしい。

駅前から病院行きのバスに飛び乗り、足をそわそわと震わせる。まだまだ雪が降るような寒さではないものの、外は角のある空気に満ちていた。それゆえ、市バスのもわっとした暖房が汗で冷えた首筋を包んでくるのが、なおのこと気持ち悪く感じられた。

「ご乗車ありがとうございました。遠塚記念病院前。遠塚記念病院前です――」

抑揚のないアナウンスを振り払うように席を立ち、凪斗は夏から顔を出さなくなっていた病院へとひた走る。

小高い丘の上、萩色の建物は血肉を連想させ、凪斗は自身の血管が締まるような思いがした。それでも、意を決して歩を進める。受付を済ませ、彼女の病室に向けて階段を一段飛ばしで跳ねていく。エレベーターは待っていられなかった。

三〇五号室の前で凪斗はぴたり、と立ち止まった。胸の内に残る躊躇《ためら》いが、四肢の血流を止めたみたいに感じられた。

波が目を覚ましたと聞いて、凪斗は最初、ひどく悩んだ。ファストフード店で自身が放った言葉を、どう弁明すべきか、そもそも弁明すべきでないのかも、彼にはわからなかったからだ。けれど、放課後を迎え、波は気を失う直前の記憶を失っていると知らされたことで、ようやく飛び出す覚悟を得たのだ。

わかってる。俺は卑怯者だ。

凪斗は深く息を吸い、目を閉じた。肺の内で揺らぐ感情を喉に送り、長く吐き出す。臆病風が吹き返してくる。それを断ち切るように、彼は引き戸を大げさに開け放した。

「波――ッ」

「あれ、凪斗じゃん」

ふわっと声が返ってきて、凪斗は束の間、言葉を失う。

賑やかな彼女には似合わない、静かな個室。灰色に染まった窓を背にひらひらと手を振る波の腕からは管が延びており、無色透明の液体が詰まったポリエチレン製のバッグが、彼女の手の動きに合わせて緩慢に揺れている。

なにも語らぬ凪斗に、波は「もう少し静かに入って来てよ」と微かに笑んだ。

「いや、すまん。あの、あれだ、おまえ、もう大丈夫なのか？」

「あー……なんか半年くらい寝てたらしいねーって、そんな他人事みたいに……」

「だって、寝てたからよくわかんないし」

けたけたと笑う彼女の顔は、以前と同じく明るいものではあったが、明らかに痩《や》せこけていた。なにせ、半年間も眠り続けていたのだ。痛ましさすら感じさせる雰囲気に、凪斗が気圧《けお》されそうになるのも無理はない。

それでも、生きている。凪斗はわずかに勝《まさ》った安心感に背を押され、「でも、目ぇ覚めて良かったよ」と気丈に言葉を繋いでみせた。

「目が覚めたのはいいんだけどさ、今度はなかなか眠れないんだよね。昨日の夜から起きっぱなし」

「そりゃ、半年も眠れば眠気なんてなくなるだろ。睡魔でも眠くならないって」

「それがさ、眠気自体はあるんだよねー。眠いのに眠れない、みたいな？」

「そっか。それはそれで、辛そうだな」

「私の中の睡魔はどうも働き者みたい。お父さんと一緒で仕事人間」

「うーん、言われてみれば。でも創作の世界だと、悪魔ってだいたい人型だよね」

「睡魔って人間か？」

波はわざとらしく腕を組み、首を傾げた。

彼女の意志に合わせるように、点滴バッグもゆらりと揺れる。

「寝られるまでなんか動画でも見てたらどうだ？」

「そうなんだけど……余計に眠れなくなるからブルーライトが出る物は禁止！ってお医者さんに言われちゃってさ。テレビもスマホもダメなんだよね」

「医者もひでぇこと言うな」

「ね、ほんとに。お母さんも絶対ダメ！の一点張りでさ、嫌になっちゃうよ」

「優しい顔して厳しいな、あの人も」

「それで、凪斗にお願いがあるんだけど」

波はいつもの無邪気な瞳で、凪斗の顔を下から舐める。凪斗は顔に寄せた皺だけで「なに？」と返した。

「『手を伸ばば』の単行本、持ってきてくれない？　お母さんに言っても大人しく目を瞑《つむ》って横になってなさいって言われるだけだし。もう二十四巻出てるはずだから、読みたいんだよね」

彼女の願いに、凪斗の心はしんと押し黙った。彼女がこの世界から置いてけぼりを食らっているのだと、今更ながらに気が付いた。

あの漫画は、波が寝ている間に打ち切られてしまっている。発売予定だった単行本の二十四巻も、今ではお蔵入り。到底手に入るものではない。

「あのさ……その漫画のことなんだけど――」

舌先から重い言葉が落ちかけた刹那、病室のドアがからからと軽快な音を立てた。

「二藍さーん、診察の時間ですよー」

「はーい。凪斗、来てくれてありがと。また今度ね」

波はゆっくりと、力なくベッド脇の点滴スタンドにしがみついた。前よりも線の細くなった右腕を左右に振り、「漫画、よろしく」と笑顔を残して去っていく。

病室に取り残された凪斗は呆然と視線を泳がせた。窓の外にのっぺりと広がる灰雲は凍り付いたように身じろぎひとつせず、太陽を覆い隠しているばかりだ。

波は目を覚ましてからこの景色しか見ていないのだと思うと、凪斗は途端に胸が締め付けられる思いがした。

「あら、凪斗くん」

哀傷《あいしょう》に息を忘れた凪斗の身体を揺すったのは、幾度も聞いた優しい声。

大きなキャリーケースを曳いた波の母親が、病室の前に立っていた。

「おばさん、お久しぶりです」

「来てくれたのね。わざわざありがとう」

ドア近くの小さなクローゼットを開け、替えの衣類をしまっている彼女の背中は、かつて二藍家のリビングで見たものよりいくらか小さく思える。

「ようやく、目覚ましましたね」

凪斗は十年前の声色を思い出しながら、言った。

「……そうね」

「波、具合はどうなんですか」

「……今はもう、平気みたいよ」

返答のひとつひとつが、表面になにか塗られているかのように感じられ、味がしない。

もどかしさが、凪斗の舌を急がせる。

「あの、波が言ってたんですけど、暇つぶし道具がないって。だから、その、少しならテレビとかスマホもいいんじゃないですか？　ほら、暇つぶしして気を紛らわせた方が――」

「波はね」

波の母親は鋭く息を吸い、一拍置いた。

「波は、心臓麻痺で倒れたの。冠動脈の血流障害が良くなるまで、もう一度でも心臓麻痺が起きれば命が危ないって、そうお医者さんに言われてるの。だから、なるたけショックを与えたくなくて。ごめんなさいね」

「じゃあ、漫画だったらどうですか。紙ですし、身体への負担も少ないと思うんです」

乾いた表面しか見せない声の主に、凪斗は精一杯の提案を試みる。

「そうね。目を覚ましてからあの子、漫画が読みたい、漫画が読みたいって言い続けているから、家にあるのは何冊か持ってきたのよ。でもほら、この漫画、作者が……」

言って、彼女はキャリーケースから『手を伸ばせ！』の第一巻を取り出し、目を伏せた。「あの子の、せめてもの希望になるはずだったのに」と呟き、なにかを噛み潰したような横顔を浮かべる。

「本当に、どうしようもないことってあるのね」

波の母親は悔しさと諦めの二色が滲んだ笑みを急いで繕い、残りの衣類をクローゼットへと押し込んだ。衣の擦れる音がさらさらと病室内の空気を揺らし、凪斗の心を掻《か》き毟《むし》る。幼い頃に二藍家で聞いたその音に、夕陽の中で漫画を読んで笑っていた波の顔が想起された。

「本当に、どうしようもないんですか？」

「ええ。だって、そうでしょう？　連載が中止になったなんて、今のあの子にはとても言えないわ。心臓にだって、きっと良くない」

諦めの言葉ばかりが床に落ちる。凪斗は唇を強く噛んだ。

どうしようもない。

脳の中で反響するその言葉は、少年だった彼が嫌い、青年になった彼が好んで使う言葉だった。だからこそ、彼の悲憤は収まらない。

どうしようもない。

この言葉は一種の呪いだと、彼はその身をもって知っている。もがくことも、描くこともなくなる。逃げ道を歩きやすく舗装するだけの力がある。

その道を進んで歩いてきた彼は、けれど、思った。

本当にどうしようもないのか、と。

縋《すが》るように視線を散らす。発色の悪い若葉色のカーテン。やけに厚い窓ガラス。退屈な白磁色の天井。彼女には似合わない景色の中に、ひとつ、彼女の色を見た。

「これ……」

枕元。何の気なしに置かれた単行本の第一巻に違和感を覚え、手を伸ばす。ページの間に、書きかけの手紙が挟まっていた。それは幼い波が書いた拙《つたな》いファンレターで、震えた字からはいたいけな緊張が窺えた。

凪斗は、穏やかに息を吸った。酸素の回った海馬から、かつての日々がとめどなく溢れ出すのを、彼は止めようともしなかった。

ふたりで過ごした、夕焼けに満ちた波の部屋。

好きなキャラを語り合った、教室の片隅。

鉛筆が短くなるまで描いた絵。

それを褒めてくれた波。

今はもう、捨てた夢。

波が愛した漫画。

「凪斗くん、どうしたの？」

溢れ出す日々は、どれもこれも哀の色に沈んでいく。それがどうにも悔しくて、凪斗は出てこない二の句を継ぐために、今度は、鋭く息を吸い込んだ。

「俺が、どうにかします」

肺が膨らむのと同時に出た言葉は、凪斗にとっても意外なものだったが、それでも受け入れがたいものではなかった。これは本心なのだと、凪斗はその時、無根拠に理解した。

「え、でも……」

「出版社に掛け合ってでも、作者に頭下げてでもどうにかします。俺がどうにかしますから。だから、あの漫画の連載が終わったことは、波にはこのまま秘密にしておいてください」

深く頭を下げる凪斗に、困惑する波の母親。

彼女の背後には、分厚いガラスが埋め込まれた窓がひとつ。

その向こう、灰色の雲をたっぷりと抱えた空は、未だ泣くのを我慢していた。

○

ポテトが揚がったことを知らせる、小気味よいベルが鳴っている。その音が跳ね返る壁には、以前貼られていたキャラもののポスターの影は、もうない。子連れの夫婦の姿も、以前ほどは見かけなくなっている。

剝がれ落ちた世界は戻らない。その欠片が積み重なった上に、新しい日常を築くのみ。この店もそうだ。元の姿に戻るという名分のもと、剝がれた世界の一片を踏みしめて、新しい日々を邁進《まいしん》していく。

凪斗はそのことを自身の経験から知っていた。だからこそ、絶望も深い。

彩度の高い色に飾られた店内には、学校帰りの中高生が溢れていた。賑やかな声、明るい照明。どこまでも暗さを許さない店内には、それでも似つかわしくない空気を放つ席がある。

「それで出版社にまで突撃したわけね」

いつものテーブル席、あやめは冷めたポテトをひょいと口に運び、コーラを啜る。凪斗が突っ伏しているせいでテーブルが窮屈で、あやめのトレイは、半分飛び出してしまっている。

「作者の連絡先すら教えてもらえなかった……」

「あったりまえでしょ。そもそも、事件を起こして打ち切りになったんだから、出版社ももう関わりたくないでしょ」

「そうなんだろうけどさ。どうにかできねえかな」

「どうにか、ね」

隣のクラスの二藍波がいまだに病床に伏していることは、多くの同級生と同様に知っていた。しかし、彼女が病室でなかば軟禁状態に置かれ、娯楽から切り離された生活を送っていることは知りもしなかった。

そのことは、二藍家と紅藤凪斗の間にのみ横たわる秘密だったからだ。

だから、凪斗から打ち明け話を聞いた際、あやめの心はにわかに色めきだった。彼の口止めが強いことも、あやめをさらに喜ばせた。

高い強度の秘密を共有する。その事実に浮足立っていたあやめは、けれどすぐに自嘲《じちょうてき》的な気持ちになる。それは自分ではない女の子を守るために、彼と彼女の家族が交わした秘め事なのだと気付かないまでには、十七という歳は無邪気ではない。

　あやめは再びポテトを口に運んで、頬杖をついた。複雑に色を変える自身の感情から目を背けるように視線を垂らす。半分飛び出したトレイの不安定さが、自分の気持ちに重なるような気がして、思わずため息が出た。

「というか、二藍さんが最新話読みたいって連載誌を欲しがったらどうするの。漫画が載ってないの、一発でバレるじゃない」

「今はおばさんに頼んで、作家都合により休載ってことにしてもらってる」

「ふーん。そういうところは、気が回るのね」

　あやめは意地悪く口を尖らせた。

「あいつ、あの漫画の連載が打ち切られたって知ったら、きっとすごいショックを受けると思うんだ。そうなったら、あいつは……」

「そうかもしれないけど、どうしようもなくない？　あたしたち、ただの高校生なんだよ？」

「そうだけどさ」

　どうしようもない。あやめのまっすぐな意見を聞いて、凪斗は曲げていた身体を起こした。彼の頭ひとつ分空いたテーブルの上、あやめはこっそりと、飛び出たトレイを手で押し戻す。

「このまま、黙っておけばいいんじゃないの?」

「でもさ」

あやめの言葉に、凪斗は頭だけ俯けた。綺麗に並べられた配膳トレイに、まっすぐ視線が落ちる。ありきたりな塗り絵が載っているトレイシートは、フライドポテトの油とドリンクカップの結露でところどころに染みができている。それがまるで、トーンを貼るのに失敗した漫画の一コマのように思えてしまい、凪斗はもどかしい気持ちになった。

「打ち切られた漫画を終わってないことにするなんて、無茶だよ」

「……そうだけどさ」

「いっそ早く事実を伝えた方がいいんじゃない? まさか、他の人が続きを描くわけにもいかないでしょ」

彼女の何気ない言葉に、凪斗は頭蓋の内側がぱちぱちっと弾ける感覚を覚えた。今までに見聞きした空想劇や絵空事、作られた世界の骨片が、彼の脳内にある考えを花開かせた。ただし、それはあまりにも荒唐無稽だと凪斗自身が嗤《わら》いたくなるような企みで、だから、「なあ、あやめ」と発せられた彼の声は、どこか間が抜けていた。

「なに？」

「終わってないことにすればいいんだよな。作者が続きを描けないとしても」

「ん？　どゆこと」

端整に揃ったあやめの眉が、にわかにたわむ。

「漫画部に、『手を伸ばせ！』の続きを描けそうな人はいないか？」

突如飛んできた出鱈目な発言に「はあ？」と零したあやめは、首を正し、眉根をきつく寄せた。

「まさか、ちょっと待って、あたしたちで続きを描こうって、そういうこと？」

「ああ。波の心臓が良くなるまで、俺たちであの漫画の続きを――」

「無茶言わないでよ！」

あやめの声は鋭く響き、店内にいる人々はこぞって好奇の視線を向けた。

だが、あやめはそれを意にも介さない。

「プロの作品の続きを描けって？　漫画を描く難しさなら凪斗だって知ってるはずでしょ⁉」

凪斗は俯き、口元を歪めるばかり。

「いくら凪斗のお願いでも、そんなの――」

「……だよな」

再びテーブルに突っ伏す凪斗。あやめの配膳トレイがぐぐっと押し出される。

それをお腹で受け止めたあやめは、「いや、でも」と漏らし、口元に手を当てて考え込んだ。

「もしかして、いるのか？」

「ひとり、心当たりはある。けど、あの人は……」

「頼む、紹介してくれ。礼なら、なんでもするから！」

肩を摑み、ほとんど額が触れ合いそうな勢いで迫る凪斗に、あやめは顔を紅潮させ、いつもより高い声で口ごもった。

「ち、近いからっ」

「ああ、わり……」

凪斗を突き離した手は、今では膝の上で丸まっている。

あやめは、そんな自分が好きではない。

○

期末試験を一ヶ月後に控えた部室棟は、人の気が薄い。公立ではあるものの、地域で進学校と評される遠塚高校では、試験の影が濃くなるにつれ、部活動を自粛する者の数は自然と増えていく。

冷え冷えとする廊下、扉がわずかに開いたままの手芸部の、その隣。漫画部の部室前に、ふたりは立っていた。

「言っとくけど、かなりの変人だからね」

「何度も聞いたって。変でもなんでも、あの漫画の続きを描いてくれる人なら誰だってかまわない。頭でもなんでも下げてやる」

鼻息荒く意気込む凪斗の横顔に、あやめの胸はつんと苦しくなる。「わかった」と一言添えてから手を掛けた真鍮《しんちゅう》製の取っ手は、いつもより冷たく感じられた。

「お疲れ様です」

「桃倉か！　久しぶりじゃないか！」

身を打つほどの声量で言葉を発したのは、入口の真正面、窓を背にした大きな机にでんと構える黒縁眼鏡の大男だった。眼鏡と同じ色をした髪の毛は湿気でわずかにカールしており、無精に伸ばされたままである。そのくせ、ワイシャツを腕まくりしたその風貌は、どこか体育会系の主将のようでもあり、爽やかさすら感じさせた。

しかし、この季節に適していない様相であることに変わりはない。

「やや、そこの青年は、もしや」

彼は凪斗に気が付くと、続けざまに口を開いた。

「部長、この人は同級生の紅――」

「ちょっと待て桃倉、言うんじゃあない。ずばり、紅藤凪斗、そうだろう？」

「はい、そうですけど。なんで俺のこと――」

「仮入部で一日だけ来てただろう。あんなにインパクトのある絵を描くやつ、なかなかいない。だから覚えてた、ずっとな」

「……そうっすか」

「ああ、そうだ。まさに俺のライバルにふさわしい」

無遠慮に指をさされた凪斗は瞠目《どうもく》し、隣にいるあやめに耳打ちをする。

「なあ、あやめ。こんな人、本当にこの部活にいたか？」

「仮入の時は、風邪で喉がやられてて声が出なかったんだって」

「それに、他の部員は？　この人しかいないじゃん」

言って、凪斗は部室を見渡した。奥には大きな机とうるさい男。中央には六つの机をくっつけた作業台がある。左右の壁には漫画の単行本やハウツー本で占められた本棚が沿うように置かれ、いくらかの圧を感じる。だが、狭くはない部屋だ。他に人がいないためか、広くすら感じる。

「ちょっといろいろあって、最近は部室に来る人少ないの。まあ、漫画部は家や図書室でも作業できるから」

狼狽《うろた》えている様の凪斗に、あやめは小声で「いまさらびびらないでよ。言ったでしょ、変な人だって」と覚悟を咎《とが》めた。

「桃倉」

ここそこ話をする二人を前に部屋の主は咳払いをし、むんずと腕を組み上げる。

「はい。なんでしょう？」

「俺の自己紹介がまだだな」

「はい？」

「任せた」

凪斗同様、無遠慮に指をさされたあやめは「あたしに言わせたら自己紹介じゃないじゃん」と小声で愚痴りながらも、衒《てら》いなく部長を紹介した。

「この人は部長の漆川浪漫《うるしがわろまん》先輩。中学生の時に三葉社《みつばしゃ》の新人賞で金賞を獲った天才」

「中学生で新人賞って、まじか」

「嬉しい反応、感謝する。しかし、俺は天才ではないし、秀才でもない。浅学非才《せんがくひさい》の常鱗凡介《じょうりんぼんかい》。今も雑誌連載を目指して自己研鑽に励んではいるが、研磨のしすぎで自己が薄くなりすぎた節がある。困った事だ」

「充分濃いから安心してください。ところで部長、今日はちょっとお願いがあって来たんですが」

「わかってる、わかってるぞ、桃倉。ここに来たってことは漫画関連の相談だろう？　色恋の相談で俺のところに来る輩はいないからな」

腕を組み直し、高らかに笑う漫画部部長の浪漫。彼の座す椅子は校長室から盗んできたのかと思うほど豪奢《ごうしゃ》なもので、凪斗の不安を掻き立てる。

「で、なんの用できた」

その椅子にどかりと座り直した浪漫の瞳は、しかし真剣だ。眼光炯々《けいけい》な彼を前に、凪斗はひるむことなく一歩踏み出した。

「あの、実は――」

――。

「……話はそれで終わりか？」

「はい」

「そうか」

聞き終えた浪漫は唇を噛み、「お願いします」と頭を下げる凪斗を、ただひたすらに、きつい視線で睨んでいた。

漆川浪漫は、心から漫画を愛する男だ。技術もあり、実績もある。彼にかかれば――時間は掛かるかもしれないが――、凪斗の望みはおそらく叶う。それだけの力を持っている男だ。それだけに、贋作を作りたいと願う凪斗に、簡単に首を縦に振る道理もない。

それはあやめも知っていた。だからこそ、凪斗をここに連れてきたのだ。

「やっぱり難しい、ですかね」

消え入りそうな凪斗の声に、あやめは自身の袖口をきゅっと摘む。

「ひとつ訊くが、紅藤、おまえは描かないんだな?」

「……はい」

「そうか」

顔を下に向けたまま、言葉を落とす凪斗。鉛筆の跡が目立つ床をしばし見つめていると、浪漫が細く長い息を吐きだしてから、ばんっと強く机を叩いた。

あやめが「ひっ」と小さな悲鳴を上げた。

「……わかった。うん、やろう。ロマンがある」

「え、いいんですか?」

「ああ。つまり紅藤は『手を伸ばせ!』の連載が続いていると、まだ終わってはいないと大胆にも偽り、病床に伏す幼馴染を楽しませたいと、そう言っているんだな」

「は、はい。そうです」

ふたりの会話に、あやめの顔がにわかに曇った。

「よかろう。ちょうど三葉社に新作を送り付けたばかりでな、しばらく時間の持ち合わせがある。その依頼、この漆川浪漫が引き受けた」

「い、いいんですか。自分で言うのもなんですけど、かなり無茶だと……」

「一向にかまわん。紅藤、おまえ、映画は好きか」

「映画、ですか？　好きって言えるほど、見てないです」

「好きに量も質もないが、まあいい。実はな、俺の好きな映画の中にいるんだよ。おまえと同じことを考え、行動した人間が」

「すみません。その、知らなくて……」

「いい。少し古い、ドイツの映画だ。知らなくても無理はない」

浪漫は椅子に背をもたれ、凪斗の顔を正面から見た。晩夏の夕焼けのような、熱を含んだ、じっとりとした視線だ。

「その男はな、崩れていく壁から最愛の人を守るために、もう一枚の壁を築いたんだ。どんな壁だと思う？」

「さあ……俺には、ちょっと」

「嘘だ。嘘という壁で、その人を守ったんだ。嘘吐きだったんだよ、その男は」

浪漫は言い終えると、くつくつと笑った。「なあ、まんまおまえみたいだろ」

そう言い添えた彼の顔は、どこか暗く、寂し気だった。

〇

「そうだ。手伝うのは構わないが、条件をふたつ、付けさせてくれ」

「条件？」

「ああ。無条件で付き合うとは言ってないからな」

浪漫はもったいをつけるように大きな動きで椅子を漕いだ。後方の窓からは鮮烈な秋の夕陽が射し込み、部室の中を燃えるような赤で染め上げている。火中の如き部屋の奥で、浪漫はインクに汚れた指を立てた。

「ひとつ、脚本は紅藤が担当すること」

「お、俺が脚本を考えるんですか」

急に大役を押し付けられた凪斗は自身を指さしたまま大袈裟に後退り、適役ではないことを暗に示した。しかし、そんなこともおかまいなしに、浪漫はわざとらしく椅子を漕いでみせる。ふんっと鼻の鳴る音がして、浪漫の声が続いた。

「言い出しっぺだから当然だろう。そもそもこれはおまえがはじめた物語だ。違うか？」

「いえ、違いませんけど……」

「暗い顔をするな。病床の人間を楽しませる嘘を吐くんだぞ？　俺たちが笑顔でなくてどうする。しゃきっとしろ」

「は、はい」

浪漫は口をへの字に曲げ、「うむ」と力強く頷いた。それから指をもう一本立て、「ふたつ」と次の条件を提示した。

「製本ができるやつを連れてくること」

「製本？」

と、凪斗とあやめは同時に顔を見合わせた。

「ああ。最終的に単行本を作るんだろう？　なら製本技術は必須になる。業者に頼むって手もあるが、俺たちが作るのは友好的な同人誌じゃない。バーコードや権利表記なんかもそっくり偽造する、各所の権利に唾を吐く代物だ。しかも刷るのは一部のみ。怪しいなんて騒ぎじゃない。俺が業者でも受注しないさ」

「たしかに、そうですけど」

「けど、じゃない。いいか、騙すなら本気でだ。本気じゃない嘘には、愛もなければロマンもない。故に、本物と同じ品質で単行本を作れるメンバーを揃えること。それが俺の助太刀する条件だ」

「でも、製本できる人なんて、そんな簡単に」

浪漫の言葉に、凪斗は力強く答えることができなかった。代わりに口から出てきたのは、代替案を促す弱々しい声。その声は室内にぽとりと落ちると、苦しい沈黙の間を生んだ。

「あ、あのっ」

不意にドアの開く音がした。沈黙の澱《おり》で溺れそうな室内にてんてんと転がり込んできたのは、か弱く、あどけない声だ。

凪斗たちは顔を見合わせてから、扉に目を向けた。

「盗み聞きしてすみません。隣にいたら、波先輩の話が聞こえてきた、ので……」

徐々に勢いを失っていく声。それを発したのは、隣の部室から来た少女だった。束ねられた三人の視線にしばし怯えた彼女は、意を決したように深く息を吸い込むと、漫画部部室の敷居をおずおずと跨《また》いだ。

「お、お邪魔します」

「むむっ、君は……あ、ちょっと待て、見たことがあるぞ。名前は、たしか

「──」

「私、手芸部の白──」

「シラキ、そうだ、シラキだったな！」

「……いえ、白井、です」

天を仰ぎ「無念」と呟く浪漫を尻目に、あやめは紡に話を続けるよう手で促す。

「それで、あの、その製本作業、私にやらせてもらえませんか？」

「なんと、おまえさん、製本ができるのか？」

「はい。祖父母が古書店をやっていまして、古書の復元作業の手伝いなんかもたまにして、ます」

「素晴らしい。一気に役者がそろったな！」

インクで汚れた手のひらを打ち合わせ、荒い鼻息を吐く浪漫に、気弱な紡は思わず身体を強張らせる。

「白井さん、いいの？」

困惑の二文字を顔に貼りつけ、怯える紡に問う凪斗。紡は再び深呼吸をし、毅然とした瞳で彼を睨んだ。鋭い嫌悪感を湛《たた》えた紡の態度に、凪斗の心はたしかにたじろぐ。

「波先輩を傷付けたあなたは嫌い、です。でも、波先輩を救えるのなら、私はそれでも手伝います」

「……ありがとう」

「お礼はいりません」

ぎこちない二人の会話。その落下地点に身体を滑り込ませたあやめが「よろしくね、白井さん」と、壊れかけの関係性をすっと掬い上げる。紡はあやめの髪の毛をちらりと見てから、「よろしくお願いします」と頭を下げた。

「よし、それでは製本はそこの白井に任せるとして、桃倉、おまえは俺のアシスタントだ」

またしても無遠慮に指さされたあやめは、軽い不快感を露わにしつつも、「わかりました」としっかり頷いた。

あやめの顎が上がり切るのを待ってから、凪斗は自身を再度指さす。

「あの、俺は脚本担当なんですか……？」

「勘違いするな、紅藤。おまえには脚本以外にも、雑用その他諸々もやってもらうつもりだ」

「雑用は、まあいいですけど、あの、本当に俺が話を考えるんですか」

「何度も言わせるな。さっきも言ったように、これはおまえがはじめた物語だ」

「でも――」

「そして、物語には必ず結末がなければならない」

芝居がかった所作で椅子から立ち上がる浪漫。

のしのしと一歩ずつ歩み寄り、凪斗と対峙する。

「紅藤、おまえが望むのはどんな結末だ」

凄みを滲ませる浪漫の問い掛けに、凪斗ははたと口ごもる。身の内から出てくるのは握った拳を濡らす汗のみだ。言葉を紡ぐべき喉元はからからに乾燥し、水の一滴も出る気配がない。そんな凪斗の気配を悟った浪漫は「まあいい」と肩を竦め、机の脇に置かれたスクールバッグを持ち上げた。

「それは追々聞かせてもらおう。結局、今の俺たちがやることはただひとつ」

鞄の中からやおらスケッチブックを取り出した浪漫は、その内の一枚に黒のマーカーでなにかを書き殴り、ひとり静かに頷く。「これを見ろ」と鼻息荒く掲げられたスケッチブックには、無骨な字体でこう記されていた。

『プロジェクト・マスターピース』

「なんですか、それ」

誰よりも早く、凪斗が訊ねた。

「勘が鈍いな。なにって、作戦名だろう。なぁ、桃倉」

「なぁ、って。要るんですか、作戦名とか」

「要るだろ、一番要るだろ。要らなかった時代がないだろ」

「知らないですよ、そんなの」

「私はその……いいと思い、ます」

「白井、おまえはよくセンスが良いと言われるな。俺にはわかる」

「いえ、そんなことは……」

「現に今俺に言われている。自信を持っていい」

はあ、と困惑する紡を尻目に、浪漫はスケッチブックを小脇に抱えて呵々《かか》と笑った。

大きく揺れる身体の横で、凪斗がぎこちなく首を垂れる。

「みんな、その、よろしくお願いします」

「おう。眠り姫に最高の傑作を届けてやろう」

「部長、二藍さんはもう起きてますよ」

「そうだったな。それじゃあ、届け先は目覚め姫だ」

「安直……」

呆れるあやめ、困惑する紡、大笑する浪漫。

茜射す校舎の片隅。

凪斗たちの壮大な嘘が、幕を開けた。

第二章　凪いだ病室

「す、すごい、です」

「まるっきり本物みたい」

沈みかけの太陽を背負った校舎は燃えるように赤く、漆川浪漫の手元に置かれた漫画原稿用紙も、赤一色に染まっていた。

「あの作者は地元がここらへんでな。小さい頃に彼奴《きゃつ》の漫画教室に参加したこともあって、技術を盗むターゲットにしていた時期がある」

凪斗の依頼から一夜明けた、十一月上旬の水曜日。彼らは漫画部の部室で計画を練っていた。浪漫の机には原稿用紙の他に、波が倒れてから刊行されたわずか二冊の連載誌が並べられ、単行本未収録の第百十六話と第百十七話の項が開かれている。

「おまえらも知っていると思うが『手を伸ばせ！』、通称『手を伸ばば』は、宇宙飛行士の主人公と天文学者のヒロインが紡ぐ壮大なSFラブストーリーだ。ファンタジー的な描写はあるものの、宇宙開発を丁寧に描いた作品で世代を問わず評価が高い。まあ、デフォルメの利いた絵柄が幼稚だという意見もありはするが、俺はそうは思わない」

奇遇にも、今回作画を担当する浪漫は『手を伸ばせ！』の愛読者であり、原作者である糀谷麹の絵を大量に模写していた過去があった。

「幸か不幸か、連載もヒロインと主人公の別れのシーンで途切れている。連載をずっと続けるのは流石に荷が重いが、これなら単行本に足りていない残りの話数、つまり三話分の話できっちり締めることも不可能ではない。もちろん、大胆な幕引きにはなる。まあ、そこは脚本次第だな」

「あの、やっぱり漆川先輩が脚本を――」

一方、脚本作りを任された凪斗は意気消沈していた。彼の頭の中には、幼少の時に読んだだけの記憶しかない。だから、漏らした弱音を刺すように飛んできた浪漫の視線に耐えきれず、ちらりとあやめに助けを求めてしまう。もちろん、あやめはそれに応えない。高いとは言えないプライドが、彼女に顔を逸らさせている。

薄情者め。凪斗は自身の態度を省みず、心の中で呟いた。

「いいか、おまえら」

室内に漂う冷えた蜜のような空気を太い鼻息で吹き払い、浪漫は前置きひとつに話を続ける。

「プロジェクト・マスターピースは病床に伏す一藍某《なにがし》を元気づけるため、『手を伸ばせ！』は打ち切られていないと偽る作戦だ。じっくり時間を掛けて単行本だけを作ればいいってわけじゃない。他にも用意すべきものはたくさんあるし、彼女の体調なんかも考慮に入れなければならない。つまり、ある程度のスピード感が必要になる」

「えっ、他にもなにか作るんですか？」

と、あやめがつい口を挟んだ。

「桃倉、漫画が人気を博し、市場価値を持つとき、副次的になにが生まれると思う？」

「えーっと、アニメとか、グッズとかですか？」

「そのとおり。つまり俺たちは、残りの話数を作る以外にも、公式グッズなども可能な限り模倣、制作し、それすらも彼女に届ける」

　あやめは口を大開きにし、「本気ですか⁉」と声を上擦らせた。「もちろん本気だ」と浪漫は素っ気無く言い返す。

「だいたい、あれだけの人気作品が最終回間際だというのに、出版社がプロモーションを行わない道理がないだろう。まあ、最終回云々は俺たちが勝手に決めたわけだが、自然な流れを演出するには、ここは手を抜くべき領域ではない。違うか？」

「それは、そうですけど」

「それに、紅藤、その二藍某は作品の熱心なファンなんだろう？」

「はい。昔から好きでした」

「だったらグッズはマストだ。映像制作はさすがに厳しいから諦めるが、作れるグッズを作らないなんて、そんな倫理観の欠落した創作は御免被る」

「いや、先輩はそうかもしれないですけど。波はグッズとか欲しくないかもですし」

「浅いな、紅藤。揣摩臆測《しまおくそく》という言葉を知らないのか？　自分の先入観で相手の欲しいものを決めるなんて、言語道断だ」

「それ、先輩にも言えることじゃ……」

「強情っ張りな奴だな。わかった。白井に訊こう。なあ、白井、おまえのとこの先輩は、『手を伸ば』のグッズを持っていたか」

「そう、ですね。百はないくらいって前に言ってました」

瞠目した凪斗は、しかしその衝撃に声が出ない。

「へぇ、二藍さん、キャラもの使ってる印象なかったけど」

「波先輩は学校にそういうの持ってこないんです。自分の部屋に飾ってるって言ってました」

それ見たことか。

浪漫はそう言いたげな眼差しで凪斗を刺した。

「でも、グッズったって、そんな簡単に作れないだろ。紙と違って材料もそんな簡単に集められないし、そもそもキーホルダーとか、どうやって作ればいいのか」

「あたしも、そういうのは作った経験ないな」

「私が作りますっ」

凪斗の斜向《はすむか》いに座る紡が、小さな胴から跳ね上げるように右手を挙げた。顔はわずかに上気しており、鼻から抜ける息もふだんより荒い。

「製本作業があるのは最後ですし、私に作らせてください。手先は器用、なので」

「白井、おまえも存外情熱的だな。俺の従姉に手伝わせようかと思っていたが、ここに適任がいたとは、願ってもない」

ほれ見たことか。

浪漫は、またもそう言いたげな眼差しで凪斗を刺した。

「わかりましたよ。先輩の言うとおりです。グッズも作りましょう」

「そうだ、それでいい。前に言ったな、本気でない嘘には愛もなければロマンもないと。そして、本作戦の最終目標は、『手を伸ばせ！』を傑作のまま完結させること。物語本編もそれ以外も、俺たちは本気で作り、本気で騙す」

重そうな黒縁眼鏡を人差し指でぐいと直した浪漫は、唇を真一文字に結んだままの凪斗に、再び鋭い視線を投げかける。

「紅藤、あとはおまえの脚本次第だ。これはおまえがはじめた物語。故に、他人に結末を委ねることは許さない。とにかくおまえは、そうだな、遅くとも冬休みまでには話を固めて持ってこい。休みの間に作業を進めたいからな」

ひととおり語り終えた浪漫は、「撮り貯めていたアニメを見るから、さらば」

と、大きな身体を揺らして席を立った。ずかずかと大袈裟な音を立てて部室を去る浪漫に続くように、紡も「私も手芸部に戻ります」と控えめな足音を残して去っていく。

部室に残ったのは凪斗とあやめのみ。「はあ」とこれ見よがしにため息を吐く凪斗に胸の裏のむずがゆさを覚えつつも、あやめは軽快に彼の背を叩いた。

「どこか寄って帰ろっ」

○

店員の快活な声が木霊する店内。いつものように差し向かう二人の間には、気まずい沈黙の澱が積もっている。その澱に埋もれたノートの一枚目に、凪斗はそっとペンを乗せてみるが、ペン先は思うようには動いてくれない。

思わず、ため息が出た。

「ねえ、脚本さ、あたしも一緒に考えようか？　ほら、あたしも一応漫画部だし。イラストしか描かないけど」

どうにか目の前の空気を吹き払おうと試みるあやめだが、凪斗は頭を抱えたまま、曖昧に「いや、いいよ」と漏らすのみ。

あやめは文句を言いたげな自身の口にポテトを放り、慰める。数度それを繰り返し、気持ちを落ちつけたあやめは、黙ったままの凪斗に「あのさ」と訊ねた。

「こんなこと訊くのもどうかと思うんだけど、二藍さんを騙すとして、それがうまくいったとするじゃない？　でも、退院後に二藍さんが真実を知ったら、どう説明するつもりなの？　めちゃくちゃ怒られる、というか、嫌われるんじゃないの？」

探るようなあやめの声に、凪斗は垂れ下がる前髪の間から瞳を覗かせた。

「波が元気になるなら、あとでどんな小言を言われたっていいよ」

「……ふぅん」

あやめは言葉を断つようにコーラを啜った。

「じゃ、早いとこ話考えないとね」

「わかってるよ」

「凪が言い出しっぺなんだから」

「それもわかってる」

「……あっそ」

語気の強さとは裏腹に、凪斗はペン先を走らせる気配がない。ただそこに立ち止まっているだけの黒いペンはノートの黒点を濃くするのみで、その黒点も退屈そうに蛍光灯の灯りを吸うばかりだ。

「なーんも思い浮かばねぇや」

凪斗は俯けていた顔を天井に向けた。

「もうっ、泣き言ばっか。とにかく一度書いて部長に見せてみようよ。あの人熱いところあるし、ってか、熱いところしかないけど、多分なんかしらアドバイスくれるよ」

「ほんとかぁ？」

「多分、だけど……」

心許ない返答に凪斗は天井を向いたまま、「多分かぁ」と小さく漏らした。

ポテトの揚がった軽快な音が、嘲《あざけ》るように天井を這う。

「とりあえず、今日は帰るわ」

「ひとりで平気なの？」

「平気じゃないけど、やらなくちゃだろ」

トレイを持ち上げ、席を立つ凪斗。「最悪、もっかい作者の住所調べて、頭でも下げに行くよ」と残し、そのままひとりで店を出た。

頭下げるの、嫌いなくせに。

残されたあやめはひとり、冷めたポテトを噛み潰す。

結露したドリンクカップが、トレイに敷かれた紙をぐちゃぐちゃに濡らしていた。気が付けば、ストローにも噛み跡がついている。子どもっぽいからやめた方がいいと、あまり仲の良くない部活仲間に諭された記憶が蘇る。

あやめは細く息を吐くと、空っぽな心のまま、水に濡れたトレイを右手で押しやった。いつもは感じることのない違和感が右手から伝わり、彼女は眉間に皺を寄せた。

ほんと、ばかだ。

その違和感の正体に気付いたあやめは、自身の小さな額を押さえた。

いつも窮屈なテーブル席は、今日は空虚な余白が占めていた。

○

「つまらん」

金曜日の放課後、数枚の紙が部室に舞った。凪斗が寝ずに考えた脚本だ。浪漫の手から離れたそれらは、はらはらと中空を漂い、鉛に汚れた床に静かに落ちる。

「こんな話を見せたら、それこそ彼女はショックを受けるだろうな」

浪漫の容赦のない一言に、唇を噛む凪斗。床に落ちた紙を拾うあやめの眉尻はじとりと下がり、浪漫を見る目は非難に満ちる。

「部長、そこまで言わなくても——」

「黙れ、桃倉。俺は言ったぞ、本気じゃない嘘には愛もなければロマンもないと。こんな中途半端な駄作を送ってなんになる？　彼女はこれで喜ぶのか？　笑うのか？」

浪漫はどかりと席にもたれ、凪斗を睨んだ。

「最初は喜ぶかもしれない。でも、ぬか喜びだ。もしかしたら笑うかもしれない。けど、愛想笑いだ。おまえが欲しいのは、そんな薄っぺらいものじゃないだろう」

凪斗は口を噤《つぐ》んだまま俯いている。言い返す言葉がない。

「彼女を楽しませるんじゃないのか」

「俺じゃ無理ですよ」

「無理なもんか」

胸元からせり上がる気持ちは棘となり、喉を刺す。足元に転がる弱音を見つめたままの凪斗を見て、浪漫は拳をきつく握り締めた。

あやめも、紡も、誰しもが喉を震わせることを躊躇った。校庭から聞こえる運動部の喧騒のみが、むなしく木霊した。

「なあ、紅藤。かつて見たおまえの絵には、たしかに魂がこもってた。あれは強い意志を持って漫画と向き合った者でなければ描けない絵だ」

拾った紙束を渡そうとするあやめの手を制し、首を力なく左右に振る凪斗。励ましのひとつも撥《は》ね付けるような彼の身に、浪漫はそっと手を掛けた。

「おまえの本気を待っているのは、ひとりじゃないんだ」

◯

黄色いバスはごうごうと低い音を奏で、凪斗を送り出した。

市立病院の萩色をした外壁は年季が入っていて、あまり健康そうには映らない。凪斗は受付で手続きを済ませ、右胸に青の面会バッヂを付けた。品ぞろえの悪い売店には目もくれず、階段に足を乗せた。気分はどんよりと重く、一歩踏み出す度、膝が軋む思いがする。

三階に着くと、若い看護師とすれ違った。前来た時に見た人だ、と何とはなしに思いながら、凪斗は病室のドアをノックする。

「はーい、どうぞー」

記憶の中よりもわずかに弾力を失った声。

凪斗は一呼吸置いてから、ドアを開いた。

「あ、凪斗。来たんだ」

「おう、元気してたか」

静かな病室。凪斗には、以前にも増して室内の色が少ないように感じられた。コツコツと微かな音を立ててそこに近付く。優しい眼差しを湛えた少女は、しばらくはこの部屋にいなければならない。退院の目途は未だ立っていない。

それを母親から知らされていた凪斗は、彼女に向けていた視線を不意に逸らしてしまった。彼の流れ弾のような視線を受けた床頭台の上には、幼い頃の凪斗が強く欲していた、けれど、ついぞ手に入らなかったものが置かれていた。

凪斗は縋るように話題を振った。

「これ、どうしたんだ？」

「萌恵《もえ》さんにもらったの。今年の納涼祭で手に入れたけど使わないからって」

「萌恵さん？」

「看護師の萌木《もえぎ》萌恵さん。今来るときすれ違わなかった？」

「ああ、あの人か」

「遠高の卒業生なんだって」

「ふーん」

「ね、なんか描いてよ」

上等なスケッチブックと二十四色入りのカラーマーカーセット。それに軽く触れた凪斗は、そのまま近くの椅子に腰を掛けた。ビニールレザーの張られた椅子は身体を押し返すようで、凪斗は居心地の悪さを覚えざるを得ない。

「いや、いいよ」

「えー、なんでよ」

「今日、勉強のしすぎで手が疲れてるから」

「絶対、嘘」

「ひでぇな」

ふっ、と会話が途切れる。廊下からはからからと鳴る音が聞こえる。キャスター付きカートで運ばれる薬品は数えきれないほど多くあるのに、どうして波は未だベッドに張り付けられたままなのだろう、と凪斗は思う。

加えて、どうして自分はここに来たのだろう、という思いも胸を掠めた。

「どうしたの？　なんか言いたそうじゃん」

「いや、その……」

「なに。らしくない。どしたの？」

弾力を忘れかけている、波の声。その声がてんてんと凪斗の胸の内を転がって、溶けていく。じんわりと染み入る彼女の声に、凪斗は震える喉を制して言葉を紡いだ。

「波はさ、『手を伸ばせ！』の、どこが好きだった？」

凪斗の質問に波は静かに瞠目してから、笑顔を零した。

「えー、なにそれ。そういうシンプルな質問ほど答えるのが難しいんだからさ」

「簡単にでいいんだ、簡単にで」

「なんで凪斗がそんなこと知りたいのかわからないけど……そうだなー」

波は天井に顔を向ける。

まるで雲の向こうでも見えているかのような表情で、瞳を輝かせた。

「『手を伸ばせ！』の良いところは、やっぱりアツいところかな。才能があるのにうじうじしてる主人公を、熱血ヒロインが無理やり奮い立たせるの。手作りロケットレースの話とか、火星でホームランの話も捨てがたいんだけど、私が特に好きなのは、やっぱり月面探査員選抜試験のところ！　あそこはもう全身の毛がぶわぁーって逆立ったね！〈身体を曲げるな、上を見ろ！　自分のために手を伸ばせ！〉って台詞がまた良くてさぁ」

楽しそうに話す波はどこにでもいる高校生そのもので、その印象は無機質な病室と見事に合わない。凪斗は胸元に氷の杭を打たれたように、唇を噛む。

「でも嫌な部分もあってね、主人公とヒロインがどうしても遠距離になっちゃうんだよ。天文学者と宇宙飛行士の話だから、しかたないんだけどね。最近の話はそれが顕著で、なんだか読んでてつらい気持ちになることもある」

言い終わってからはっと目を丸くした波は、「その微妙な心理描写がいいって言われてるから、私がズレてるんだろうけど」と健気な笑みを浮かべてみせた。

「波は、本当にあの作品が好きなんだな」

「まあね。凪斗はどう思う……って、そっか、途中までしか読んでないんだっけか」

「ああ、うん。そうだったな。ごめん」

「なんで私に謝るの？」

「いや、なんか、つい」

「変なの。――あっ、それじゃあさ、これ、貸したげる」

波が指さしたベッド脇の紙袋には、漫画の単行本がぎっしりと詰められていた。背表紙には、同じタイトル、同じ著者。どれも日に焼けていて、幾度も読み返されたおかげか、節々が撚《よ》れている。

「これ……」

「読書はお許しが出てるから、お母さんに全巻持ってきてもらったんだ。先生、体調崩して休載してるんでしょ？　最新刊が出るまでの暇つぶしの予定だったんだけど、もう何周もしちゃったから、凪斗、持って行っていいよ」

実のところ、凪斗は脚本を書くにあたり、この数日で全巻読んでいた。だが、それはただ目を動かして絵と台詞を見たというだけで、凪斗の頭蓋の内側に染み込んだわけではない。波のように漫画の色やにおい、形が変わるまで真摯に向き合ってはいなかったのだ。

波に染み込み、波が染み込んだ漫画を手にして、凪斗はようやくそのことに気が付いた。

「本当にいいのか？」

「いいって言ってるでしょー。あ、でも、ポテチ食べながら読むのは、禁止だからね」

「わかってるよ」

「ほんとにー？」

「ほんとに」

硬い椅子から腰を浮かせて、彼女の宝物に手を伸ばす。二十三冊もあるそれは見た目よりもずっと重い。凪斗は全身に力を入れて、ようやく持ち上げた。紙袋の取っ手が掌に食い込む。鈍い痛みが右手にじんじんと響いて止まない。凪斗は痛みに耐えながら、口を開いた。

「それじゃあ俺、そろそろ行くわ」

「うん。来てくれて、ありがとうね」

「いいって、ついでだし。こっちこそ、漫画ありがとな」

かつてペンを握っていた右手にぶら下がる紙袋。

その重みが、凪斗をそこに縛り付けようとする。

「ねえ、凪斗」

なかなか動かない彼の背中に、とんっ、と彼女の声がぶつかった。

「どした？」

凪斗は、振り返らなかった。振り返れなかった。

廊下からは、キャスター付きカートの滑る音が鳴っている。からから、からから
と乾いた音が身体を叩く。

この音を聞かずに済めばどれだけ楽かと、凪斗は思った。

「凪斗は、もう漫画描かないの？」

彼女の声がもう一度、とんっ、と背中にぶつかった。

どうしても、答えることはできなかった。

◯

「凪、おはよ」

「……なんだ、あやめか」

「なんだって、なによ」

土砂降りの月曜日。忙《せわ》しなく奏でられる雨音に、生徒の声はひっそりと静まり返っている。

「今日の体育、なにやんのかな」

欠伸《あくび》まじりの凪斗の声は、静かな昇降口にやけに響いた。

「凪、目の隈ひどいよ。どったの？」

「いや、別に。漫画読んでただけ」

「漫画？　ああ……」

すぐに得心したあやめは、視線が床に落ちるのを防げなかった。

「それで、どうだった？」

「正直、あんま好きじゃない」

返ってきた返事は思いがけないもので、あやめは思わず立ち止まった。

等速で進む彼の背中は、徐々に小さくなっていく。

「あんま好きじゃないって、それじゃあ――」

言って、あやめは小走りで彼に並んだ。

「作戦、やめちゃうの？」

「やめねえよ、その逆」

「逆？」

今度は、凪斗が立ち止まる。二、三歩前に出てしまったあやめは、俯いた彼の顔を真正面から覗き込んだ。

長くはない前髪が揺れている。いつもより気だるげな彼の顔が、瞳を灼《や》く。

あやめが目を逸らそうとした刹那、彼の唇が不意に動いた。

「ちゃんと読んだらさ、どんな話か、ようやくわかったんだ。絵空事を描いてるくせに現実を見せつけて来るような、気に入らない話。正直、俺はそんなに好きじゃない。でもどうしてか、波があの物語を好きな理由もわかっちまった」

あやめは聞きながら、後ろ向きに踏み出した。

「だから、俺が最高の結末をつけてやるって決めたんだ。この手で、きっと」

「そっか。凪、やる気になったんだね」

「おう」

「それはやっぱり……二藍さんのため？」

「そうだよ」

「……うん、そうこなくっちゃね」

ようやく歩き出した凪斗の背中を、あやめは手加減もせずに叩く。

「いってぇ！　なにすんだよ」

「凪、ここんとこずっとしみったれてたんだもん。喝だよ、喝」

ふたりの声が朝の廊下に響く。裏側の湿気った声が跳ね回り、乾いた声が追い回されている。外の雨音を意にも介さない声は、教室に入っても鳴り止まなかった。

○

廊下に再び声が満ちる頃、時計は午後四時を指していた。

十一月中旬、今秋最後と目される冷雨は、しとしとと未練がましく地面を叩いている。揃いの黒いスポーツバッグを肩にかけた野球部たちが、部室棟一階にあるトレーニングルームへと向かっていた。それは一見すると行軍のようで、実にものものしい。

「ふむ……」

野球部が列を成して向かう建物の四階。そこに居を構える漫画部の部室には、ひりついた空気が満ちていた。あやめは爪の先をいたずらにいじり、紡は指先でとんとんと頭を叩いている。凪斗は直立したまま、窓の外に視線を逃がすばかりだ。

三人は一様に緊張を胸に湛え、男の言葉を待っていた。凪斗が書いてきた脚本をぱらぱらと捲る彼の手は軽快で、対して瞳はずしりと重い鉄の意志を滲ませていた。

「紅藤、これがおまえの本気か」

ようやく口を開いた浪漫に、凪斗は「はい」と短く答える。

「なるほどな」

身体を椅子に預け、浪漫は天を仰ぐ。細い息とともに高く吐き出された「ふざけやがって」の言葉に、三人の肩はびくりと強張る。

「この野郎、ロマンたっぷりじゃねえか！」

浪漫は大きく息を吸い込み、両手を机に振り下ろした。ばんっと空気が震え、三つの口から「えっ」と同じ音が零れる。

「これでいくぞ。今から実作業に移る」

高らかに宣言する浪漫を前に、三人は呆けた顔をせざるを得なかった。その中でも一番締まりなく開いたままの凪斗の口から、驚きが再度漏れ落ちた。

「あの、本当に俺の書いた話でいくんですか？」

「俺は本気の事しか言わん。紅藤、やはりおまえは俺のライバルに相応しい」

インクの滲む指でビシっと凪斗を指す浪漫を見て、あやめと紡は顔を見合わせた。凪斗は呆けた顔のまま、「はあ……？」と首を傾げるしかない。

「それじゃあスケジュールを切って、画材を揃えないとな」

と、具体的な予定を組み立てようとする浪漫に、正気を取り戻したあやめが「部長」と咄嗟に声を掛けた。

「なんだ、桃倉」

勢いを削がれた浪漫が眉をひそめる。

「実作業に移るって言いましたけど、その、いいんですか？」

「はっきり言え」

「もうすぐ、期末試験ですよ」

あやめの言葉に、紡もこくこくと頷いた。遅れて、凪斗も首を上下させる。

進学校として地域に根差す遠塚高校。その生徒である彼らには、わずかばかりの義務感がある。どんな理由であれ、目の前の期末試験を看過するなど道徳心が許してくれない。

「あんなしみったれた試験なぞ、適当でいいだろ」

「適当……」

浪漫の言葉に、紡の小さな体から声が漏れた。

「でも先輩、試験こけたら補習で冬休み潰れちゃいますし、結局今頑張った方が得じゃないですか？」

波も当分は元気でしょうし、と凪斗は勢いのまま言い添える。

「無茶を言ったり、理に適ったことを言ったり、忙しい奴だな、おまえは。部室に押しかけてきた時の気概はどうした」

「それは、そうですけど……」

「部長、あたしも凪の意見に賛成です。補習で冬休みを潰すのは利口じゃないというか、指定校取れなくなったら大変なんで」

「なるほど、桃倉は推薦狙いか」

「令大《れいだい》なので、そこまで競争率が高いわけじゃないですけど」

「紅藤は」

「俺も令大指定校で、同じです」

「なんだおまえら、同じ大学行くのか」

「まあ、あそこ推薦枠多いですし」

「凪とは学部も被りそうだね」

身体をわずかに前に出して、あやめは言う。

「うむ、他人の進路にとやかく言うほど俺は口うるさくない。自分の将来は自分のものだしな。わかった、それじゃあ試験が終わってから合流してくれ。言ってもまずはネームだ。俺だけで事足りる」

「先輩は勉強しなくていいんですか？」

「俺は将来、漫画家になる男だ。学校の試験なんてひらりひらりと乗り切るさ」

浪漫はそう言って、机に置いてあったGペンを顔の前にかざした。揮発《きはつ》したインクの、墨汁とは少し異なる独特の香りが室内の空白を埋めていく。

「格好いいだろ」

浪漫はにっと笑って、凪斗を流し見た。

窓の外では、未だ秋雨が降りしきっていた。

○

十二月初旬の期末試験を終え、部室棟と体育館、及びそれを繋ぐ渡り廊下の外壁修繕工事が始まった。クリーム色の建物は全身を灰色の足場に覆われて、重病人のようにも見える。生徒が足場に登らないよう、注意書きも貼られていて、空気も重い。

外観の重苦しい雰囲気に対して、部室棟の内側は活気を取り戻していた。漫画部の部室も例外ではない。自宅や図書室で作業をしていた部員たちも、短い時間ではあるものの、今日ばかりは部室に顔を出していた。

「それでは、お先に失礼します」

「なんだ汐見、早いな、もう帰るのか——あー、ここはこうじゃないな……」

「はい、今日はこれで」

「今日はって、いつもそうじゃないか。新作も描き終わったし、そこまで気を使わなくていいぞ——桃倉、六十一番取ってくれ。というか、新作を描いてる時だって、おまえたちはここにいて良かったんだ——サンキュー」

「いえ、いいんです。騒がしくして、先輩の邪魔をしたくはなかったので」

「邪魔って、そんなことはないぞ。まだいればいいだろう」

「先輩こそ、気を使わないでください。本当に、私はこれで」

汐見は部室に響くようはっきりと発声し、浅くお辞儀した。艶のある黒髪がしゃらりと解け、なだらかな曲線を描く肩を流れる。

汐見玲は凜々しく、大人びた少女だ。ゆえに、同世代の友人こそ多くはないが、真面目で成績もよく、大人たちからの信頼は厚い。また、本人もそれを深く理解しているため、立ち振る舞いにもそつがない。

「そうか」

そんな彼女の言うことだから、浪漫は自分も大人にならざるを得なかった。一度は置いたペンを大人しく握り直し、描きかけの原稿用紙に向き合った。

「連載が決まったら教えてください。できる限りサポートしますから」

「ああ、わかったよ――桃倉、やっぱり六十三だ」

汐見が廊下に出ると、わずかに息の上がった男子生徒と鉢合わせた。汐見はきゅっと口を結び、ぎこちのない会釈をして、すぐにその場を去る。

その男子生徒――紅藤凪斗は、少女の攻撃的な視線を訝《いぶか》しく思いながらも、入

れ違いに部室へ入った。窓を背にした大きな席には、やはり浪漫が陣取ってい
て、彼の前に置かれた机の島に、あやめと紡が向かい合うように座っている。

「お疲れ様です」

凪斗は入り口に一番近い席に腰を下ろした。

「遅いぞ、紅藤。——ここはこうか？　いや、こうだな……」

「すみません、委員会の仕事があって」

「なら、よし。——ここは、こう、パースを利かせてっ……」

「部長、少しだけうるさいです」

あやめが淡々と指摘する。

「すまんな桃倉、今いいところなんだ。——よしっ！」

「はぁ……」

「うーん、やっぱりアナログ原稿はいいな。手を汚す価値がある」

先んじて作業を進めていた浪漫は、やはり周囲から天才と評される通りの手腕
だった。しかし、人気が引くほどに暑苦しく、騒々しい。実際のところそれだけ
が理由ではないのだが、ようやく顔を出した漫画部員の九割九分は、五分程度の
滞在で部室棟を後にしてしまっていた。

残った漫画部員は、あやめのみ。先ほど顔を出していた汐見玲も、明日は来るかわからない。

「部長さん、すごい熱量、です」

漫画部員ではない紡が、感心した様子で浪漫を見る。

「ああ、そうだろう。これが一流漫画家を志す者の熱だ。たくさん浴びておけ」

「えっ、と。あの」

「ん、どうした？」

「……いえ、なんでも」

紡は目尻を下げ、目の前に座るあやめをちらりと見た。彼女の視線はたどたどしく、グラウンドから聞こえてくる野球部のわずかな喧騒に、沈んでしまいそうに思える。

だからあやめは「世話が焼けるなぁ」と思いながらも、咄嗟に浮かんだ、別に聞きたくもなかった質問を、窓側に座す部長に訊ねることにしたのだ。

「部長は、どうして漫画家になろうと思ったんですか？」

紡がこくこくと首を上下させる。対して、ようやく席に座ったばかりの凪斗の肩はわずかに強張った気がして、あやめはやっぱり、少しだけ後悔する。

「ああ、どうしてか」

言って、浪漫が走らせていたペンは速度を失った。脇目もふらずに駆け抜けるような速さから、なにかをたしかめるような遅さに転調する。

「そうだな。物心ついた時から、絵を描いていた。本当に、物心がついた時からだ。離乳食の味も、自分が生まれて初めてなにを喋ったのかも、まるで覚えていないが、絵を描いていたことだけは鮮明に覚えている。線の一本を引くことすら楽しかった。積み木も、パズルも、ままごとも、すべてが絵を描くことの劣化にしか思えなかった」

浪漫はすっと浅く息を吸い、しんとした口調で続けた。

「気付いたら、漫画に出逢っていた。運命だと思った。絵を使ったこんな表現があるのかと、幼いながらに衝撃を受けた。そこからは漫画を読んでは描いて、読んでは描いてを繰り返した。描けば描くほどうまくなった。自分は天才なんじゃないかと思ったよ。実際、幼いながらにして賞を獲ったりもした。まあ、あの時は一番ではなかったが」

グラウンドから届く曖昧な形をした声が、浪漫の言葉を際立たせる。凪斗は、彼の視線が一瞬自分に向いたような気がして、重い唾を飲み下した。

「長くなったが、言ってしまえば、漫画は俺にとって人生そのものなんだ。だから、俺はこれからも漫画を描くし、漫画家として生きる以外に道はないとすら思っている」

浪漫の語りが終わり、あやめは自然と凪斗を見ていた。横目で、気付かれぬように、そっと。瞳の端っこで捉えた彼は俯くばかりで、あやめはやはり、悔いを覚える。

「すまん、湿っぽくなったな。部費で除湿器でも買うか」

浪漫がおどけた声を弾けさせると、紡が笑み、凪斗は肩を上下させた。

あやめはわざと「無駄遣いは禁止」と声を尖らせてから、やおら椅子から立ち上がった。そうして、紡の手元になにかちらちらと光るものを見つけると、会話の転換を図るように覗き込む。

「白井さん。なに、それ」

「休載になる前に発表されていた、『手を伸ば』のキャラグッズ、です。ありものの素材で作ってみました。本当はこういうの、権利的にいけないんですけど」

「わっ、ほんとだ。これ、ロケットレース回のだよね。すごっ！　かわいい！」

「あっ、ありがとうございます」

紡がそっと摘まみ上げたのは、かわいくデフォルメされたキーホルダーだった。ロケットにしがみつく主人公を象《かたど》ったアクリルの素材は綺麗に削られ、凹凸もない。知り合いの雑貨屋に借りたというプリンターは精巧で、インクの滲みもさっぱりない。

公式グッズだと言われても、気が付かないほどの出来栄えだ。

「白井、なかなかやるじゃないか！」

「いえ、その、ありがとうございます」

「でも、いつの間にこんなすごいの作ったの？」

「はい、試験勉強の合間に。少し、大変でしたけど……」

紡は言下に、苦労して作ったキーホルダーを目の前の男に差し出した。「えっ」と零す男に、紡は精一杯の力を込めた瞳を向ける。

「私も、本気で波先輩に喜んでもらいたいので」

その言葉に、凪斗は強く唇を引き締めた。紡の目の下には、茶色の隈が沈んでいる。右手で受け取った彼女の本気を、凪斗はたしかに握り締めた。

○

冬の陽は重く、下校時刻を待たずに地平線へと落ちていく。未だ光を灯しているであろう部室棟の四階は、凪斗の座る席からはもう見えない。

凪斗はポケットに入れたままにしていた右手を引き抜き、降車ボタンを押した。指先についた黒のインクは何度洗っても落ちず、だから凪斗はそのままにしてバスに乗り込んだ。

ぷしゅーと空気の抜ける音がして、バスは停車する。夜を纏った病院は驚くほど黒く、凪斗には、まるでなにか巨大な生き物の影のように思えた。

「あ、凪斗」

「おう」

蛍光灯の硬い白光に目を細め、凪斗はベッド脇のイスに腰掛ける。ガラス一枚を隔てて広がる世界はここことは違い、感触のない黒に満ちていた。

「こんな遅くに、どしたの？」

「ああ、試験が終わったから、そのついでにな」

「そっか、もう試験の季節か。早いね」

窓枠に切り取られた夜の世界をベッドの上から眺める彼女は、消え入りそうなほど白く、立体感がない。凪斗はその存在をたしかめるように、「なあ、波」といつもみたいに名前を呼んだ。

「ん、なに？」

「これ、やるよ」

凪斗の左手に載ったものを見て、波は「うそっ」と肩まで伸びた髪を大きく揺らした。

「これ、夏のイベントで出たキーホルダー！」

「たまたま手に入ったから」

「くれるの？」

「もちろん」

「やったー！」

波は飛び切りの笑顔でそれを受け取ると、幼い頃にもなかったようなはしゃぎようを見せた。左右に揺れる彼女の身体からワンテンポ遅れるように、後方の点滴パックも緩慢に揺れ弾む。

「もう二度と手に入らないと思ってた」

「二度とって、大袈裟だな」

波の言葉に、凪斗の心はきゅっと絞られる。

「ううん、生産数少ないって噂もあったし、イベント限定販売だったから、本当に手に入らないと思ってた。ありがとね、凪斗!」

「なら、良かった」

凪斗の胸から湿った息が滑り出したのに合わせて、がらがらとドアが鳴った。

「あ、萌恵さん」と顔を弛《ゆる》める波とは対照的に、凪斗はぎこちない表情で会釈した。

「あら、お友達?」

胸元に下げたナースウォッチを揺らして、彼女はベッドに歩み寄る。ドアの向こうから現れたのは、凪斗たちの通う県立遠塚高校の卒業生にして、この病院の看護師である、萌木萌恵だ。

「あら、そのキーホルダー」

ベッド脇まで来た萌恵は点滴の残量を確認すると、少しだけ身を屈めて、波の手に握られたアクリルキーホルダーを覗き見た。そしてすぐに、「『手を伸ばせ！』じゃない」と、大きな目をきゅっと丸くした。

「萌恵さん知ってるんですか！」

「うん。うちの兄貴が好きでね、私もこっそり読んでたんだ。でも、その漫画って……」

言いかけて、萌恵は椅子の倒れる音に口を噤んだ。

「看護師さん！　ちょっとお話が！」

「え、ちょ、ええ？」

椅子から跳ね上がった少年に半ば強引に手を引かれ、萌恵は病室から引き摺り出される。波はぽかんと口を開けたまま、ふたりの背中を見送った。


「えっと、どうしたの……？」

萌恵は目の前の少年の硬い視線に怖気づいていた。入院患者の友人にまさかこのようなことをされるとは思ってもみなくて、動揺だけが胸の内で躍っている。

「波には、秘密なんです」

「な、なにが……？」

狸みたいにまん丸い萌恵の瞳が、さらに丸くなる。

『手を伸ばせ！』の連載が終了したことです」

「な、なんで」

萌恵は至極あたりまえの疑問を口にした。

目の前の少年は唇をそっと舐め、それからゆっくり言葉を紡ぐ。

「実は……」

――――。

「うん、事情はわかった。それなら、私も協力するよ」

「ありがとうございます」

「かわいい後輩の頼みだしね」

彼女の答えに、凪斗はほっと胸を撫でおろす。

「じゃ、君はもう戻りな。私は他の患者さん診てくるから」

萌恵にぐいぐいと背を押され、凪斗は病室に戻される。ベッドの上では、眉をひそめた波がこちらを睨んでいた。凪斗が居心地悪そうに椅子に座ると、半開きのドアからにやにやと弛んだ萌恵の顔が覗いたままだった。

「ごゆっくりー」

萌恵は結局、愉快そうにそれだけ言って去っていった。

「ねえ凪斗、萌恵さんとなに話したの？」

「別にたいした話じゃねえよ」

「ほんとにー？」

刺さるくらいに鋭い目を向けてくる波に、凪斗は顔を逸らすことしかできない。視線が右斜め上に滑っていく彼を見て、波の疑惑はより一層深くなる。

「それよりさ、他に欲しいものとかないか？」

凪斗はそのまま、右斜め上に言葉を浮かべた。

「話逸らそうとしてる」

「してないって」

病室内に棘の生えかかった空気が漂う。口を開けばちくちくと痛みそうで、けれど黙っていてもなにも変わらなさそうだった。だから凪斗は、天井に向けていた視線をするりと下ろすと、波の手元だけを見ながら、ゆっくり舌を動かした。

「来週から冬休みだし、出歩くついでになにか探しとくよ。休載してても、グッズとかなら手に入るし」

波はしばし警戒の雰囲気を解かなかったが、凪斗の眼差しの柔らかさにほだされたのか、謙虚さの滲むわがままをぽつぽつと語りはじめた。

「じゃあ、本当にあったらでいいんだけど。さっき言った夏のイベントでね、コラボポスターがあってね。あとそうだ、冬コミでも――」

○

校舎が上気している。部室棟の冷えた階段を昇りながら、凪斗は思った。踊り場の窓から見える校舎は、冬休みを待ちわびる生徒の熱によってわずかに膨らみ、赤らんで見える。実際は真っ赤に燃えた冬の陽に照らされているだけ、なんてことは知っている。それでも凪斗は、不思議と自身の感覚を否定できなかった。

「お疲れ様でーす」

軽くノックを添え、きぃと軋むドアを開ける。部室の中は暖色の夕影がべったりと貼り付いているのに、どこかうすら寒い。先に部屋にいた少女がこちらに振り向く。指先でとんとんと頭を叩いていたのを止めて、凪斗に浅く会釈した。

「まだ、ふたり来てないんだ」

凪斗の問い掛けに紡は「はい」と短く答えた。冷えた空気が、小さく揺れた。

凪斗は定位置としている入り口近くの席に腰を下ろした。六つの机がくっついている島の、一番左手前だ。その対極、右奥の席には紡が座っている。いつもなら紡の前には口うるさいあやめがいて、窓際の一番大きな席には暑苦しい浪漫がいる。

けれど、今日はふたりぽっちで、部屋がやけに広く感じられた。

「キーホルダー、好評だったよ」

と、凪斗はそれとなく切り出してみる。

「昨日の夜、渡したんだ。波、かなり喜んでた」

「よかったです」

紡は、またも短く答えた。

グラウンドから流れてくる野球部の声が、いつもより大きく聞こえた。汗でべっとりした声が首筋を撫でるような気さえする。それがどうにも嫌で、凪斗はなにか言おうと試みるが、試みるだけで、なにかが出るわけではない。

騒がしい沈黙が、紡と凪斗の間に降り積もっていく。

「先輩は」

紡がぽつり、口を開いた。

「もう自分の漫画は、描かないんですか？」

「え……なんで？」

真正面から飛んできた言葉を、凪斗は思わず捕ってしまう。しまった、と収縮する心を打つように、遠くから野球部の熱っぽい掛け声が聞こえてくる。

「波先輩から何度も聞きました。凪斗先輩は、三葉社の漫画コンクールで賞をとったことがあるって」

「昔の話だよ」

「波先輩、いつも言ってました。凪斗先輩は漫画家になるんだって」

「俺より上手い人はたくさんいるから、そういう人がなった方がいい。浪漫先輩とか」

「波先輩、言ってました。いつか凪斗先輩の描いた漫画を読むんだって」

凪斗は浅く息を吐いて、目を伏せた。

紡は、ぎゅっと結んだ唇を震わせ、未だ凪斗を見つめている。

「波先輩は――ッ」

紡の唇からなにかが零れかけたところで、きぃと扉が開いた。

「すまん！　担任に呼び止められてな、遅れた！」

「部長、ノックくらいしましょうよ」

あやめからの指摘を大笑で躱《かわ》した浪漫は「作業は順調か、紅藤？」と、大きな身体を揺らして入ってくる。彼の身体の陰から、ひょこりと顔を出したあやめは、訊いてもいないのに「そこで会ったの」と凪斗に告げた。

室内の温度が急に上がった気がして、凪斗はほっと息を漏らす。

「ちょっと、人の顔見てため息って、失礼じゃない」

「いや、ちがうって、そういうのじゃない」

「じゃあ、どういうのよ」

不機嫌そうなあやめの肩をぽんっと叩いたのは、浪漫だった。

「まあまあ桃倉、いいじゃないかそんなこと」

「よくないです」

「そうか、じゃあよくないな。紅藤、あとで謝っておけ」

「え、俺、謝るんすか？」

「うむ、誠意を込めてな。ところで、白井が作ったキーホルダーはどうだったんだ。無論、好評だったんだろう?」

「ああ、はい。それは、もちろん」

浪漫の口先で回れ右をした話題に不意を突かれた凪斗は、眉間に寄せた皺が一気に解かれる思いがした。弛んだ頭から、昨夜の頼み事もじわりと染み出てくる。

「あ、そうだ。今度はポスターを用意したいんですけど」

「……はあ、ポスター?」

席につき、机上に画材を拡げていたあやめが、ワンテンポ遅れて反応した。そこからさらに一呼吸おいて、「なるほど、ポスターか」と浪漫が提案を嚙み締める。

「桃倉、おまえは一枚絵のデザインがうまいんだ、作ってやれ」

「ええ⁉」

「俺はネームを描くので忙しいだろ」

「いや、でもっ」

「頼む、あやめ」

「ええー……凪まで……」

机に目を落として渋るあやめ。すると、高価な液晶タブレットが静かに机の上を滑ってきた。驚いて視線を上げる。紡の華奢な手がおずおずと、タブレット端末をあやめの前に押しやっていた。

「これも大事な作業だ。物語の質を左右するのはディテールだからな」

と、浪漫が椅子を漕ぎながら言う。紡の潤んだ瞳もわずかに動き、それを追認する。

あやめは周囲を見渡し、観念したように息を吐いた。それは彼女を見つめていた凪斗の瞳が曇るくらい、深いものだった。

「わかりました。作ります」

言って、あやめは席を立った。「さすが桃倉だ」と無責任な言葉を放つ浪漫と、愛らしい猫っ毛を揺らして頷く紡を流し見てから、ドアの方に視線を据える。

「凪も手伝ってよ」

「俺？」

「あんた。ほら、行くよ」

「ちょ、ちょっと待てって」

あやめは凪斗の襟首を摑んでドアを開け放った。寒々しい空気がぶわりと舞い込む。「さっむい」とあやめは前開きのカーディガンの襟元をきゅっと寄せた。
「なあ、あやめ、どこ行くんだよ」
説明を求める凪斗の声は無視されて、ふたりは廊下へと消えていった。
部室の中には浪漫と紡が残っている。紡はなにも言わないまま、スクールバッグの中から夏に開かれたイベントのグッズカタログを一部、取り出した。カタログはぐにゃぐにゃに萎れていて、グッズごとに控え目なコメントが書き込まれている。
紡は再び指先で頭を叩きながら、ひとつずつグッズと向き合った。
火星調査員のキャップ――フリーサイズでなら作れる！　○
ロゴ入りのナイロンポーチ――先輩、似たの持ってたかも？　△
船外活動用の懐中時計――頑張ればできそうだけど、材料費が……。　×
月面兎のビーズクッション――先輩好きそう！　◎
「白井」
浪漫の声に、紡の身体はびくりと硬直した。
拍子に、手の中のカタログにも、くしゃっと皺が寄る。

「紅藤とどんな話をしてたんだ」

「……別に大した話じゃない、です」

「紅藤は、なんか言ってたか」

「……いえ、なにも」

紡は言って、いそいそとカタログをしまい込んだ。代わりに取り出したポリエステル繊維の生地には、すでに折り線が記されている。

彼女の幼い横顔に「そうか」とだけ告げ、浪漫もまた、画材を拡げた。

背後の窓から射し込む明かりが、白い紙の上に影を落としていた。

○

ぺたぺたと音が鳴っている。単調なリズムで階段を降りるあやめの背中に、凪斗の狼狽えた声が覆いかぶさる。

「おいあやめ、どこ行くんだよ」

「そのポスター、コラボのやつでしょ」

「あれ、俺、コラボって言ったっけ」

「言ってない。でも、一時期話題になったから、そうだろうなって」

「でも、だからってなんで外に行くんだよ」

「凪、なにとコラボしたのか知らないの？」

「いや、知らないけど」

部室棟から本校舎へ延びる渡り廊下には、辻斬りのようなからっ風が吹いていて、あやめは再び「さむっ」とカーディガンの襟元を寄せ上げた。

本校舎に入ると迷わず昇降口へと向かった。道中通りかかった図書室では、数人の生徒が寄り合って絵を描いている様子が、ドアについた明り取り窓から窺えた。

そこには、長い黒髪の少女、汐見玲の姿もある。

凪斗はなんとなく、身を屈めて廊下を進んだ。

「じゃ、交渉よろしく」

グラウンドへ出たあやめは、開口一番、そう告げた。

「交渉って、なんの」

「ポスターの素材提供に決まってるでしょ」

カーディガンに覆われた胸をつんっと張ったあやめは、グラウンドの中央で躍動する坊主頭の集団を指さした。

「コラボしたのって、もしかして……」

「そ、高校野球とコラボしたのよ。なんか、作中に野球をやるシーンがあるからって」

「いや、たしかにあったけど。火星だぞ、舞台」

冬の寒さに縮こまることのない野太い声が、凪斗の冷えた頬を打つ。揃いのユニフォームを来た男たちが、喉を震わせている。

あやめはスカートから伸びた色の白い脚をすり合わせて暖をとりながら、もう一度、臙脂色《えんじいろ》の集団を指さした。

「だから、交渉してきて。バット、できれば金属製のやつ、あとは、あのボールとるやつ。グローブ、だっけ？　見本がないとちゃんと描けないから」

はっきりと言い切るあやめの態度に気圧され、「お、おう」と返事をする凪斗の顔は頼りなく、だからあやめは、追い打ちをかけるようにこう言った。

「物語の質を左右するのはディテール、なんでしょ？」

凪斗は否定もできず、ただ頷いた。

「おーい、部長さん」

「ああ？」

臙脂色の帽子を目深に被った男は、凪斗の声に億劫そうに振り向くと「なんだ、凪斗か」と目を見開いてから、相好を崩した。

「よっ、堀田《ほった》。悪いな、練習中に」

今秋から野球部の部長を務める堀田佑《たすく》は、彫りの深い顔が魅力の快男児だ。商社勤めの親の都合で、幼い頃から転校を多く経験していて、遠塚に来たのも中学三年生の頃。地方都市で長く過ごしたおかげかイントネーションに癖があるが、それが会話の障壁にならないくらいには、たくましい社交性を有している。

凪斗とは一年生の頃に同じクラスになり、出席番号が連番だった彼らは共通項こそ少ないものの、いつからか自然と話すようになっていた。

「どうした、部員なら足りてるからいらねえぞ」

「ちげぇよ。その、ほんと、あったらでいいんだけどさ。余ってるバットとグローブ貸してくれないか？」

「なんだよ、突然」

「ちょっと野暮用でな」

「別にいいけどよ……。なんでまた野球道具が必要なんだ？」

「その、絵を描くのに必要なんだよ」

「おまえ、絵ぇ描く人だっけ？」

「描くのは俺じゃねえよ」

寒さに張った顔で無理に笑う凪斗を見て、堀田は多分に訝しんだ。貸すことは吝《やぶさ》かでないものの、理由が気になり、視線をゆらりと泳がせる。すると、スコアボードの近くに揺れ動くものが見えた。一年生の頃同じクラスだった桃倉あやめが寒風吹きすさぶ中、立っている。

堀田は脚を小さく上げ下げしながら誰かを待つあやめを見て、「ははーん」と、さもわかったかのような声を上げてから、土に汚れた手で野球帽のつばを跳ね上げた。

「なるほどね」

「なにがだよ」

「いいなぁ、凪斗は。青春しててよ」

「はあ？」

汗を散らしながら白球を追いかける野球部を見て、凪斗は「それを言うならおまえらの方だろ」と、思ったままを口にした。

「高校の野球部なんて、青春の権化だ」

「まあ、かもな」

呵々と笑う堀田の背後から、頬を土色に汚した小柄な部員が寄ってくる。

「堀田先輩、やっぱりこのまえの雨のせいでグラウンドの状態悪いっすよ」

「おお、まじか。整備、要りそうか」

「はい。このままだとベース周りぼこぼこになりますね」

「わかった。とりあえずベースラン続けてくれ。すぐに号令かけるから」

「うっす」

キレの良いお辞儀をして、小柄な部員は去っていく。

「大変そうだな」

凪斗は本心から言った。

「大変だけどよ。やっぱおまえのいうように、これが俺にとっての青春なんだろうな」

「なんだよ。急にしみじみと」

「春のセンバツに漏れたら受験に集中しろって、親に言われちまってよ」

「堀田、部活辞めんのかよ」

「まだ辞めねえよ。縁起でもねえ。センバツに漏れたらだ、漏れたら」

「ふぅん」

「まあ、言ってもうちは運だけで勝ち上がった弱小校やし、望みは薄いけどな」

「でも、センバツがダメでも、関東でベスト8だろ。それってすげえじゃん。親、説得できねえの？」

「うちの親、頭が固いんだ。かっちこちよ、かっちこち」

「そっか」

「そうそう」

「じゃあさ、俺、祈っとくよ。青春の神様に。春のセンバツいけますようにって」

「なんで」

「神様はダメだなぁ」

「神様はきっと大人やけ。親の味方されたら、たまらんわ」

堀田は困ったように笑うと、すぐにそれを隠すように腹に力を込めた。たくましい首に埋まる、小ぶりな喉仏を揺らして、「集合ッ」と長音まじりの野太い声をグラウンドに響かせる。

「凪斗、さっきの話、仮入部用のぼろいやつがいくつかあるから、それ貸してやるよ」

「ありがとと。助かるわ」

「そのかわり、おまえにも土色の青春を味わってもらう」

にやりと崩れた顔の上で、白い歯が不敵に輝いた。

バットとグローブを持って、凪斗が戻ってくる。あやめは口を尖らせ、彼の肩を拳で小突いた。

「遅い。凍死するとこだった」

「わり」

「いいけど。じゃ、戻ろっか。あったかいの買ってこ。あ、コーラでもいいけど」

「いや、それがさ。あやめひとりで戻っててくれない？」

凪斗は預かった野球道具一式をあやめに手渡す。思わず受け取ってしまったあやめは、眉間に皺を寄せ、「は、なんで？」と短く怒りを示した。

「グラウンドの整備、手伝ってくれって言われちゃってさ」

「……あ、そう」

「じゃ、俺、靴履き替えてくるから」

汗を吸った土の粒子をふわりと舞いあがらせ、凪斗は駆けていく。あやめは寒さを忘れて、しばしその背を見送った。

それから短く洟をすすって、踵を返した。

部室棟の中はやけに静かだった。四階へと続く階段の踊り場からは、外壁工事用の足場の間隙《かんげき》を縫って、重たいローラーを曳く男たちの姿が見えた。

まっさらなキャンバスを一筆で塗りつぶしていくように、ハンドルを握り締めた凪斗が、ゆっくりと前に進んで行く。土臭い野球道具を抱きかかえたあやめは、ざわざわと毛羽立つ自分の心に狼狽えながら、徐々に整えられていくグラウンドを眺めていた。

○

東京湾から吹き込む潮風が、熱気を帯びた人の群れを割るように流れている。

冬の厳しさは厚手のコートの上からも染みてきて、凪斗は身体をひと揺すりした。

「ニュースとかで知ってたけど、コミケってこんなに混むのか」

「なにを言ってる、紅藤。もう十時だから、かなり落ち着いてる方だぞ」

りんかい線、国際展示場《こくさいてんじじょう》駅の改札前。四名の高校生が、寒空の下へ一歩踏み出す。会場へと延びる人の列は整然と、よどみなく流れていた。しかし、その動きは重く、小鴨のような体軀の紡は、度々溺れそうになってしまう。

「紡ちゃん、離れないようにね」

「はぃぃ」

　差し出されたあやめの手をちょこんと握り締め、紡は少し歩調を上げた。あやめは前を行く二人の背中から離れないように気を付けながら、隣をちらりと盗み見て、踏み出す脚の距離をにわかに縮める。

　あやめが見つめる二人の背中には、大きめのリュックサックが背負われていた。被せ蓋からは円筒状に丸められたポスターが生えている。あやめが連日夜なべして作った代物だ。その他にも、あのリュックサックには多くのモノが詰まっている。すべて、病床に伏す少女を騙すために用意した、言わば、道化師《ピエロ》の小道具だ。

「あやめ先輩、どうかしましたか？」

「え、なにが？」

「眉間に皺がこう、きゅって、寄ってました」

眉間に皺を作る真似をして、あやめを見上げる紡。そのあどけない表情に、あやめは「いや」と一言と留保をつけてから、視線を前へ戻す。

「随分と離れちゃったな、と思って」

あやめの言葉に釈然としない様子の紡は、「そうですか？」と、今度は自然に眉根を寄せ、前の二人を空いている方の手で指さした。

「まだ、追いつけますよ」

紡の言葉に、あやめは返事をしなかった。

代わりに、睡眠不足に荒れた口内を舌先で撫でて、淡い痛みを確かめた。

改札を出てから一時間ほどして、凪斗たちはようやく東京ビッグサイトの建屋内に踏み入った。天井の高い会場内には、鮮烈な色に塗《まみ》れたキャラクターが群れを為し、その周りを落ち着いた色合いの外套《がいとう》を纏った蒐集家《しゅうしゅうか》たちが蠢《うごめ》いている。

「あの団体がどいたら行くぞ」

息をひそめた浪漫の声に、三人は静かに返事をした。彼らの視線の先には、手作りとは思えない質感をした幟《のぼり》がはためく、ひとつのサークルブースがある。「萌猫軍法会議」と記された幟には、瞳の大きい、猫の耳を生やした少女が描かれていた。

ブースの内側には男が立っていた。白のワイシャツの上に、サイズ感の大きい黒いカーディガン、頭に乗せられたハットも黒く、ひょろ長い身体は黒々と染められている。

「今だ」

声と共に四人は駆け出した。いの一番に飛び出した浪漫は、サークルブースに着くなり机に手をつき、黒ずくめの男に詰め寄った。

「将軍、頼みがある」

「おおっ、ロマンくん。どうしたの、こんな時間に」

浪漫の古くからの友人であるサークル主は、驚いた様子ながらも、すぐさまなにかを了解したように手を打った。

「ああ、新刊ね。ちゃんと残してあるよ。毎年始発で来る君が寝坊するとは思わなかったから、面食らっちゃったけど。そうそう、ゆいゆいが屋上展示場でコス──」

「将軍、なにも言わずに聞いてくれ」

「だから、新刊なら──」

「今から五分間、この場を俺たちに貸してほしい」

「え、どういうこと？」

「この借りはいずれ必ず、いや、きっと返す。三人とも、はじめてくれ」

浪漫の巨軀に隠れていた三人は、「すみません、すみません」と口々に謝りながら、ブースの幟、看板、頒布物を自分たちが担いできた物と挿《す》げ替えていく。

「ちょっとぉ、勝手になにしてるのぉ！」

「すまない、将軍。大義のためなんだ」

「大義って、そんな……ええ……」

「部長、準備できました」

「よし、将軍、席に着いてくれ」

「なんなの、もうぅ」

狼狽えるサークル主は不承不承といった様子で腰を下ろした。『手を伸ばせ！』

の同人誌販売所に成り果てた自身の店にちょこんと座る細身の男は、「写真撮ります。笑ってください」という見知らぬ女子高生の声に、ぎこちない笑みを浮かべざるを得ない。

「撮れました。どうでしょう？」

　あやめの手中にある写真を確認した浪漫は、「うーん、小宇宙《コスモ》を感じん」とリュックサックを漁り出した。ＮＡＳＡのロゴが入ったキャップを取り出すと、サークル主の黒いハットと置き換える。無論、サークル主は抵抗した。が、無駄だった。

「ロマンくーん……説明してよぉ。なんでいまさらこの漫画――」

「将軍、静かに。とにかく宇宙飛行士っぽい面構えで頼む。桃倉、撮ってくれ」

「知らないよぉ、宇宙飛行士っぽい面構えなんて」

　あやめがもう一枚、ぱしゃりと撮った写真を見て、浪漫は「どちらかと言えば、宇宙人に見えるな」と渋い表情で顎先を撫でた。

「まあいい、及第点だ。撤収。作戦の痕跡は残すなよ」

　浪漫の掛け声に、三人は「はい」と短く答え、大急ぎで店先の装飾を直しはじめた。バタバタと慌ただしい彼らを横目に、サークル主は浪漫に詰め寄り、問いただす。

「ロマンくん、どういうことか説明してよ。よりにもよって『手を伸ば』なんて……」

「俺たちの長い付き合いに説明が必要か？　感謝、その一言だけ送らせてくれ」

「ああ、うん……え？」

「白井、桃倉、おまえらも将軍に感謝を」

浪漫に促され、二人は素直に「ありがとうございました」と華奢な身体を折り曲げる。ふわりと舞った淡い色香にサークル主は立ち眩みを覚え、よろめいた。

その隙に浪漫はリュックサックの中身を整理しはじめた。隣で同様の作業をする凪斗が浪漫に耳打ちをする。

「あの、俺もお礼した方がいいですよね」

「いらん。将軍の顔を見てみろ」

凪斗が振り返ると、そこには喜色満面で硬直するサークル主の姿があった。

「あれ以上になにか必要そうか？」

浪漫はリュックサックを背負い上げ、「白井、桃倉、行くぞ」と二人を手招きし、足先を次の目的地に向けた。

「じゃあな、将軍。その帽子はくれてやる。これで貸し借りなしだ。たまには昔を思い出せ」

太い腕を挙げ、浪漫は去っていく。

夢から醒めたサークル主は小さくなっていく四つの背中を見て、暫くの間ぽかんと口を開いたままだったが、彼らの残していった表紙だけの頒布物に、思わず眉根を寄せていた。

○

会場内を闊歩《かっぽ》する浪漫の姿は、どこか堂に入っている。大きな身体をのっしのっしと揺らしながら、浪漫は三人を連れて先を歩いた。

「やはり企業ブースは無理だな。警備が堅い。やむを得ん。企業ブースは背景だけ撮ろう。素材は別撮りして、あとで合成する。そのためのデジタル画像でもあるしな。桃倉、画像編集ソフトは使えたよな？」

「はい。基本的な操作なら」

「素晴らしい。それじゃあ、次に行こう」

浪漫は地図を開くこともなしに、体の向きを急転させた。細胞の全てが記憶しているコミックマーケットのにおいを頼りに、迷わず屋上展示場へ進んでいく。屋上展示場に出ると、薄く研がれた冬の風が四人の身を裂いた。浪漫でさえも身震いする寒さに、後続の三人は細い声をあげる。

その寒さの中にあって、薄手の衣装を身に纏い、思い思いのキャラクターに扮装する者たちがいた。所謂《いわゆる》、コスプレイヤーだ。ある者は薄い合成皮革一枚だけを胴に貼り付け、ある者は風通しの良い麻生地だけを羽織っていたりもする。紡が忌憚《きたん》なく「寒そう」と評した彼らの周りには、野次馬やカメラマンが囲いを作っていた。肉厚のバームクーヘンのように年輪は幾重にも重なり、ずんぐりとした熱気を放っている。

浪漫は囲いの者たちを押しのけ、隙だらけの甲冑《かっちゅう》を装着した女性に「ちょっといいか」と藪から棒に声を掛けた。

「すみませーん。個別の撮影依頼はお断りしてて——って、うわ、浪漫」

「よお、結花《ゆいか》」

呑気に片手を挙げる浪漫の襟首を摑み、結花と呼ばれた女性は広場の隅へ猛進した。

凪斗ら三人も、慌ててそれを追う。

「なんであんたがここにいんのよ」

「理由は後だ。早速だが、これに着替えてきてくれ」

「あのねえ、突然すぎるのもそうだし、従弟にコスプレを見られる姉の気持ち、考えたことあるの？」

「ない。俺は見る専門だからな」

「でしょうね」

　そこから浪漫は恫喝にひどく似た、ともすれば恫喝そのものとも言えるやり口で従姉の懐柔を試みた。「バラされたくなければ」「この写真が親に知られれば」など物騒な言葉が出る度、凪斗はハラハラしたものだが、なぜそこまでして浪漫が自分の手助けをしてくれるのかという疑問に、そうした焦燥はすぐに薄ぼけた。

「わかった。少し時間ちょうだい」

　結花がついに要求を呑んだのは、交渉がはじまってから三分ほど経った頃だった。遠巻きに事態を眺める群衆の視線が散漫になり始めたあたりで、結花は覚悟を決めたらしい。

「どれくらいかかる」

表情一つ変えず、浪漫は問う。まるでこうなることが当然であったかのように、淡々とした口調でたしかめるようでもあった。

「更衣室に行くのと着替えるのと、化粧直すのを考えたら……ざっと三時間ってとこ」

「そんなかかるんですか⁉」

浪漫の後方に控えていた凪斗が驚嘆すると、浪漫は素っ気無く「かかるぞ」と一瞥をくれた。紡もあやめも、にわかに息を呑む。

「あのぉ、そんなに時間が掛かるなら上から着るとかでもいいんですけど……」

「ばか言わないで」

結花はへりくだる凪斗を睨んで、言った。

「本気じゃないコスプレに愛はないの」

結花は衣装の入ったリュックサックを背負った。決して大きくはない身体を揺らし、強い足取りで人の波を砕くように去っていく。

その背を眺める三人は同じ感想を抱いていた。

血の繋がりは信条にさえ及ぶことがあるのだと。

「よし、一段落だな。今のうちにメシでも食おう。腹が減った」

浪漫は三人の視線を断ち切るように宣言し、腹を叩いた。屋上展示場の外縁にぽつぽつとある屋台には目もくれず、「行きつけがあるんだ」と再び先を行く。

屋上から建屋内に戻り、人いきれを裂く中で、あやめが不意に呟いた。

「本当にいないんだね」

その言葉の意味をすぐに看取した凪斗は「ああ、そうだな」と一度だけ周囲に視線を投げて、前を向いた。

会場内には古今東西のキャラクターが跋扈《ばっこ》していた。それは人気者だけを集めた感謝祭のようにも見えるけれど、その華やかな群衆の中に、波の愛した漫画のキャラクターは影も形もない。

どこまでも自由で、倫理に支えられた空間。

その空間を占める人混みに溺れぬよう、あやめの口先が宙を向く。

「なんか、息苦しい」

○

「行きつけって、ここコンビニじゃないですか」

大きな背中に引き摺られて着いたのは、一軒のコンビニだった。東京ビッグサイト近郊の大きな公園の片隅、ビルの足元にうずくまるようにして営業するその店は、何の変哲もない全国チェーン店である。

「コンビニが行きつけじゃおかしいか？」

浪漫は言いながら入店し、「やあ」と店主と思《おぼ》しき壮年の男に声を掛けた。

道中、「昼飯は俺が注文するものを食べること」と不明瞭な指示を受けていた三人は、額に皺を作りながら店内をぶらぶら歩いた。視界の端では浪漫と店主がなにやらやり合っている様が見え、「ああ、またなにか無茶をやっているのだ」と三人は観念した。

しばらくすると浪漫は店主からなにかを受け取ったらしく、ドリンクコーナーで思い思いの品を選んでいた三人をレジ前へ呼びつけた。

「ひとつずつ取るといい。味は同じだ」

浪漫は四つ並んだカップ麺を指さし、得意気に笑んだ。浪漫と顔見知りである店主も「特別だよ」と口の端を高く上げ、太い眉だけをぐにっと下げた。見覚えのあるキャラクターが外装に描かれたカップ麺にお湯を入れ、一行は公園のベンチに腰掛けていた。ベンチの幅はそれほど広くもなく、浪漫、あやめ、紡が座れば満席になってしまったから、凪斗はしかたなく立ったままでいる。

「紡ちゃん、それ、癖？」

隣に座る紡の指先を見ながら、あやめが訊ねた。

「え？　なにがですか？」

「その、頭を指でとんとんってするやつ」

「あ、これは、髪の毛が早く伸びるおまじないです」

「へえ、そうなんだ。髪、伸ばしたいの？」

「はい。今だとちょっと、短いので」

彼女のうなじで揺れる淡いブルーに、あやめは「そっか」と微笑んだ。

空の低い位置を太陽が滑っていた。三分という待ち時間はなにも話さないで過ごすには少し長い。凪斗は蓋の閉まり切っていない部分を指で押さえながら、洟をすすった。

「先輩も、一度見舞いに来ますか？」

「漫画部で部長をやってる俺が見舞いに行ったら、単行本を渡す時に怪しまれるだろ」

浪漫は言って、まだ二分しか経っていないカップ麺の蓋を剝ぐ。「それもそうですね」と、凪斗も倣って蓋を剝いだ。鶏がら醬油を含んだ湯気がふわりと舞い、ふたりの鼻先をゆっくり撫でた。

「火星チャーシューに木星ナルト、月面煮卵に彗星メンマ。すげえ、原作通りだ。よくこんなもの手に入りましたね」

「あの雇われ店長には貸しがあるんだ。わりにせこい男でな。発売してすぐに回収騒ぎになったこのコラボカップ麺もどうせ懐に隠しているだろうと読んだら、まさしくそのとおりだった」

浪漫が景気の良い音を立てて麺を啜る。『手を伸ばせ!』の主人公が好んで食べる宇宙食、インスタントの醬油ラーメンが有明《ありあけ》の空の下で揺れている。

気が付けば、紡もあやめも麺を啜っていた。ちゅるちゅると控えめな音を奏でて、空いた胃に熱を流し込んでいく。

頭上からは、冬の木漏れ日がさらさらと降り注いでいた。時折、風も鳴る。海に近い公園ゆえに、潮の香りも紛れている。その中でも過剰に色を持っているのは、醬油のにおいと熱っぽい沈黙。それ以外は無色透明で、きっと彼らが後で思い出すのは、この二色だけだ。

「美味しかったね」

あやめが残ったスープに顔を映しながら言うと、

「はい。いつか、波先輩とも食べたいです」

と、紡は鼻を赤らめながら答えた。

「そうだね」あやめは短く答えて、視線を逸らす。びゅうと吹いた風が紡の短い髪に捕まりそびれて、遠く彼方へ吹き去っていった。

「さて、腹ごしらえもしたし、散策しながら戻るとするか」

その掛け声の後は、浪漫の案内のもと、結花の準備が終わるまで東京ビッグサイト内を歩いて回った。しばらくして結花から連絡があり、屋上展示場に戻ると、空気は先ほどよりも鋭く研ぎ澄まされていた。

「よっしゃ、やるわよ」

見事に火星調査員に変身した結花は、不敵に片頬を吊り上げ、真新しいキャップを被り直す。至る所から「『手を伸ば』だ」「なんで今さら『手を伸ば』？」と怪訝さを含んだ声が聞こえてくる。それでも結花は臆さない。自分を見ろと言わんばかりにポーズを決め、周囲の視線を攫《さら》っていく。

浪漫たちも臆せず写真を撮った。嘘を吐くために、目の前の光景を必死に写した。

「部長、これ、どうでしょう？」

「うん、素晴らしい。ただ、別のアングルも欲しいな。頼めるか？」

「わかりました」

あやめは結花の背後に回り込んで、シャッターを切った。人の層は徐々に厚くなり、熱を増していく。凪斗は目の前の光景に、「これなら上手くいきそうですね」と嬉々として浪漫を流し見た。

「ああ、そうだな」

「どうしたんですか、浮かない顔して」

「なあ、紅藤、もしもだが」

「なんですか？」

「……いや、なんでもない」

「なんすか、急に。言ってくださいよ」

「俺は仮定の話は嫌いなんだ」

「先輩が言い出したんでしょ」

「そうだな。違いない」

浪漫はふっと笑った。「俺は、いつだって口ばっかりだ」という彼の呟きは、屋上を吹く風が凪斗の耳に届かせなかった。

冬の陽は低い位置で煌めいていた。落ちても傷付かない位置で光を放つ太陽は、どこか情けない。また浮かび上がるとは知っていても、無様に思える。結局、人はこの一瞬しか見ていない。てっぺんで光っていたことなんて、すぐに忘れ、認めなくなる。

だから多分、てっぺんに居続けるしかないんだ。他人に自分を示すには、自分が自分の力を信じ続けるためには、傷付く高さで輝くしかない。

なあ、そうは思わないか、紅藤。

浪漫の言葉は届かない。大事なことは、いつも声にしない。

浪漫は目を細めてから、真っ赤に滲んだ太陽を、醜く足掻くその光を、そっと手で隠してみた。

○

「ただいま」

「あら、おかえり。遅かったのね」

遠塚駅から徒歩十分のところにある、高層マンションの七階。漆川家はそこに住んでいる。安くはない家だ。立地もいい。都心にも電車で三十分あれば着く。

ここに移り住んだのは、浪漫が小学三年生に上がるのとほぼ同時だった。幼稚園からずば抜けて成績の良かった浪漫に、早いところ子ども部屋を与えてやりたいと、両親がライフプランを前倒しして購入した家だ。

前の住居からも離れていないため、浪漫は転校も経験していない。

俺は環境に恵まれている。浪漫自身も、それは理解していた。

「コミケに行ってたんだ」

浪漫は言いながら、上着も脱がずに冷蔵庫から牛乳を取り出した。「ごはんは?」と問う母に「食べてきた」とだけ返し、コップ一杯の牛乳を喉に流し込む。

「浪漫」

自分の部屋に戻ろうとする浪漫の背に父の声がかかる。テレビ画面を見たままの父にばれないよう、浪漫は細く息を吐いて「なんだよ、親父」と軽い調子で振り返る。

「勉強はしてるのか」

「してるよ。この前のテストも、模試の結果だって見せただろ」

「そうだな。父さんの子とは思えないくらい、いい数字が並んでた」

父の発言に、「あらやだ、お父さんたら卑屈ね」と母が楽しげな声をあげる。

浪漫はそんな母の顔を見て、自分の顔にも薄い笑顔を貼り付けた。

「浪漫」

「なんだよ、親父。聞いてるよ」

「父さんが前にした話、覚えているか？」

「大丈夫だよ。俺の記憶力の良さは親父譲りだから」

「そうか」

今度こそ自分の部屋に戻ろうとする浪漫に、父は「漫画、頑張れよ」と抑揚なく告げた。浪漫は貼り付けた薄い笑顔を剝ぐ。「ありがとう」と声だけは明るく繕ったまま、居間を後にする。

部屋に戻ると、上着を脱いで机に向かった。一呼吸置き、冷えた首を回しほぐす。机の周りにはボツになったネームが山のように積み重なっていた。はみ出した付箋には、担当編集からの辛辣な指摘が記されている。

「うしっ」

浪漫は頬を叩いて、ペンを握った。

俺にこの名をくれたことを後悔させてやる。そう意気込んで。

大事なことは、声にしない。今はまだ、しないのだ。

どこまでも優しい両親の喉元を噛み切るために、浪漫は今日も、牙を研ぐ。

○

「ほら、ポスター」

「わっ、すごい！　これ、どうやって手に入れたの？」

「ま、ツテがあってな」

「えー、教えてよ」

「絶対教えない。あとこれ、冬コミの写真」

「凪斗、冬コミ行ったの⁉」

「なんだ、その、友達に誘われてな。このまえ、行ってきた」

「へぇ、めずらしいこともあるんだね。あ、このコスプレ、クオリティ高い。わっ、こんなサークルもあるんだ」

はしゃぐ波を視界の中心に置いて、凪斗はほっと一息ついた。彼女の背後に埋め込まれた窓の外は昼の残光に滲んでいて、今日はいくらか暖かそうに見える。

「宇宙ラーメンも美味しそう。夏に出たと思ってたけど、まだ売ってるんだ」

「ああ、まだそこらじゅうに売ってるよ」

「でも、そのうちきっとなくなっちゃうよね」

「当分は大丈夫だろ。それに、いくつか買い置きしてあるから心配すんなよ」

「ほんとに⁉」

「ああ、だからはやく身体治してさ、一緒に食べようぜ」

「うん。凪斗のおごりだしね」

「ばか言うな。割り勘だ、割り勘」

「えー、そこは退院祝いでおごりでしょー」

おどけて立ち上がる凪斗に向けて、波は楽しげに不満を漏らす。

窓に近付いた凪斗は、眼下にブルーシートが敷かれていることに気が付いた。その青敷きの前には、十日前に役目を終えたはずの人工の針葉樹が未だ屹立《きつりつ》している。取り残されているのだろうか。

カレンダーを見る。今日はもう一月四日だ。

高校生活最後の一年が、すぐそこまで迫って来ていた。

「あれ、凪斗」

「なに？」

「手にマメできてない？」

だらりと垂れた凪斗の指先を見て、波が呟く。窓ガラスと向き合っていた凪斗は「できてないって」と言いながら、掌をすっとポケットに挿し込んだ。

訝しむ波の瞳に曖昧な表情を浮かべていると、とんとんっとノックの音が響いた。担当医の回診だ。後ろには萌恵の姿もある。凪斗は診察の邪魔にならないよう、大人ふたりと会釈を交わし、そっと部屋を出た。

「あれ、二藍さん、それってもしかして」

見た目の若い男の担当医は、ベッドの横に腰掛けるなり、穏やかに瞠目した。床頭台に置かれたポスターに嬉しそうに眉を吊り上げ、「『手を伸ばせ！』だよね」と、続けざまに言葉を繋ぐ。

「そうです！」

波が高い声を上げる。瞬間、萌恵の視線はドア向こうへと伸びた。

「懐かしいなあ。いやね、ぼくも長年読んでたんだけど、ほら、この前――」

「先生！　先に他の患者さんのところへ行きましょう。ほら、お見舞いの方もきてくださっていますし」

「ええ、でも」

担当医の視界の端、急遽舞い戻ってきた凪斗がしきりに首を上下させている。

「そういえば三〇八号室の内田《うちだ》さんが呼んでいたような気もします」

「内田さんとの話はいつも長くなるから最後にしようって、さっき萌木さんが……」

「先生、いいですか、年始にわざわざ足を運んでくれた友達ですよ。それも男の子。わかります？　つまりはですね――」

萌恵はウインクをひとつ忍ばせ、担当医の背を押して廊下に戻る。萌恵の行動に凪斗は静かに拳を握り、心の内では「萌恵さん、ナイス」と安堵の声をあげていた。

「なんか……慌ただしいね」

「お医者さんなんて、いつも忙しいだろ」

「そうかな」

「そうだろ」

つっと訪れた会話の切れ目を、凪斗は学校の話題で埋めようとした。冬休みももう終わること、期末試験は散々だったこと、特に変わりなんてないこと。けれど、そんな当たり障りのない学校の話をすればするほど、波の表情は曇っていって、それが伝播《でんぱ》したみたいに凪斗の顔も曇りはじめる。

「どうした、元気ないな。最近、体調いいんだろ?」

「うん、体調はいいんだけど……ちょっと、ね」

「言ってみろって」

凪斗の柔らかすぎない声に、波は数秒、沈黙した。水平に噤まれた唇は、近頃ようやく血色が良くなってきている。安静に過ごしているためか、体調は悪くない。それは嘘ではない。しかし、この部屋で安静に過ごせば過ごすほど、波の心はざわつくのだ。

「なんだよ、言ってくれなきゃ、手助けもできないぞ」

「凪斗に手助けしてもらうほどのことじゃないよ。ただね、紡ちゃん、元気かなって思って。ほら、手芸部って幽霊部員ばっかで、いつも私と紡ちゃんしかいなかったから」

催促されるまま素直に開かれた波の口からは、紡への無垢な心配がぽろりと落ちた。「そんな状況で人の心配かよ」と思いはすれど、凪斗はそれを否定できない。波が元来こういう人間であることを、凪斗はずっと前から知っていた。

「あいつなら、元気だよ」

「あれ、凪斗会ってるの？」

素っ気無く答える凪斗に、波は驚いた様子で言う。

「いや、廊下とかでたまにな。見るから、あいつのこと」

「そうなんだ」

「そうだよ」

「なら、よかった」

言って、波の視線ははらりと落ちる。凪斗はその視線の先を探るように、ゆっくりと話を続けた。

「あいつ、お見舞いとか来てないのか？」

「お見舞いなんて来たら、あの子きっと泣いちゃうよ。たぶんあの子もそれがわかってるから来ないの。泣き虫なんだよ、紡ちゃんは」

波は視線を落としたまま、唇に挟んだ言葉をひとつ、ふたつ、落としていく。

「はじめて会った時からそう。一年前の入学説明会、私はお手伝いで参加してて、受付とか会場設営をやってたんだけど、後片付けの時にね、半べそかきながら中庭を這ってる子を見つけたの」

「それがあいつ？」

「そう。ずいぶんびっくりしたから、今でも鮮明に思い出せる。近くにいたお母さんにも、もう帰るよーって言われてるのにずっとなにかを探してて、だから私も気になって、どうしたのって訊いたら、大事にしてたシュシュをなくしちゃったってくしゃくしゃの顔で言われちゃって。どうにも放っておけないから一緒に探したんだけど、結局、見つからなくて」

「見つからなかったのか」

「うん、どこにもなかった。だからね、お母さんに断り入れて、泣いてる紡ちゃんを手芸部の部室まで連れ込んで、新しいシュシュを作ってあげたの。そしたらあの子、また泣いちゃって」

「それは、失くしたやつが恋しくて？」

「ううん、嬉しかったんだって。泣きながら、宝物にしますって言ってた。それで、入学したらすぐ手芸部に来てくれて、一緒にいろんなものを作るようになって、寄り道とかもしたりして。ふたりで作った宇宙服を着て、冬コミにも行くはずだったのに」

波は、窓の外に広がる宇宙に目を向ける。

「そういえばあれ、最後の仕上げ、できてないな」

滔々《とうとう》と語った波は「あっ」と聞こえそうな表情をして、それから困ったように眉をひそめた。

「なんか変な話しちゃってごめん。聞いてくれてありがと」

「いいよ、これくらい」

「お母さんにはこういう話、できないから」

「いいって、だから」

まっすぐな眼差しで見つめる凪斗に、波はゆっくり眉を戻した。

「あと、お土産もありがとうね」

「喜んでくれたなら良かったよ。探した甲斐があった。それよりもさ、小さめのものばっかりで、ごめんな。トートバッグとかポーチとか、大きいのは全然手に入らなくてさ。だから、その」

「ううん、全然いい。コミケでもまだまだ人気みたいだし、そりゃグッズも品薄になるよ。『手を伸ばせ!』の人気、全然衰えない。ほんと、すごいや」

笑う波の顔を見て、凪斗はふっと息を漏らした。

「そりゃそうだろ。傑作なんだから」

「だね」

空いた胸の内に、窓からすり抜けてきた冬の寒さが染み渡る。それはじんじんと心を刺すようで、凪斗の呼吸はいくらか浅くなる。

目の前の彼女は、手に持ったポスターを眺めていた。窓から射し込む太陽の光は赤く燃えていて、彼女の輪郭をくっきりと描き出していた。まるで誰かが、彼女をこの世界から切り取ろうとしていると思えるほど、彼女の外縁は黒く縁どられていて、凪斗の胸は、強く痛んだ。

◯

凪斗は駅前の複合商業施設「トーツーモール」の三階を歩いていた。普段はあまり来ない階だ。あやめと頻繁に利用していたファストフード店は一階にあるが、こちらも最近、あまり顔を出していない。

高くはない天井と廊下の中央を刳《く》り貫くように延びているエスカレーター。凪斗はなぜだか無性に歩きづらさを覚えて、人気の少ない文房具店へふらりと吸い込まれた。

店先の手帳コーナーを冷やかして、店内の壁に沿うように進む。雑多な色をしたペンやノートが目に眩しい。なにやら嗅ぎなれたにおいを放つ一角があったので、「なんだろう」と足を延ばすと、そこは漫画・コミック用品のコーナーだった。

自分が漫画のにおいに引き寄せられたのだと気付くと、凪斗はふいに胸の内が黒く濁るのを感じた。揮発したインクが胸を汚してくる感覚に、ひとりでにつま先が翻《ひるがえ》る。すると、今度は網膜に鋭い熱が走った。棚に並べられた商品を整理する店員の横顔に、凪斗の全身の血管はきゅっと引き締まる。

幼い頃に知った顔だ。

尊敬していた顔だ。

単行本に映っていた顔だ。

無意識のうちに、凪斗はその店員のもとへ歩み寄っていた。彼の肩めがけて伸ばしかけた腕をおろし、代わりに、声で彼の存在をたしかめる。

「なあ、あんた」

「なにかお探し物ですか？」

接客用の硬い笑みを浮かべて、男は振り返った。単行本の著者近影とは随分とかけ離れた風貌。皺が増え、肌には張りがない。印象的だった髭すらない。彼女が傑作と呼んだ漫画を産み出した人間とは、到底思えない人物がそこにいた。

「どうしました？」

怪訝な顔つきで佇む男に、凪斗は問いかける。

「漫画家の糀谷麴先生、ですよね」

「……人違いです」

男は短く息を吸い、顔だけ背けた。

「そんなわけない。俺が何度、あんたの顔を見たと思ってるんだ」

「本当に、人違いですから」

男は手に持った新品のGペンを棚に置き、今度は身体ごと背ける。

「すみません、仕事があるので」

「待てよ。あんたの仕事は漫画を描くことだろうが」

凪斗が咄嗟に摑んだ彼の右手。その中指の第一関節は硬く隆起していた。何日も何日もペンを握ってきた証が凪斗の柔い皮膚を拒絶した。

「離してください」

男は言って、逃げるようにバックヤードへ向かう。

「待て、逃げるなよ！　あんたの作品をずっと楽しみにしてるやつがいるんだぞ！」

その背に放った凪斗の声が、むなしく響く。

怒りに任せて伸ばした右手も、虚空を握る。

「逃げるなよ」

凪斗は自身の掌を見つめながら、呟いた。

○

始業式を終えて三日経った、一月十日。冬休みのにおいは抜け切らず、グラウンドも部室棟もどこか浮ついた雰囲気に満ちている。

丸っこい笑い声がころころと跳ね回る中を凪斗は歩いていた。硬度の足りない自分の右手で握りこぶしを作ってみるも、どこか不格好でやるせなくなる。

「あ、凪。来たんだ」

ため息まじりに開いたドアの向こうではあやめがひとり、作業をしていた。

「委員会終わったら、そのまま帰るのかと思ってた」

「いや、ちょっとやること思い出して——ふたりは？」

「部長は出版社に呼ばれたとかで休み。紡ちゃんも家庭の事情で今日は来られないって。凪、グループチャット見てないの？」

「いや、見てたけど、すっかり忘れてた」

「……見てなかったんでしょ」

机上には浪漫が描いた第百十八話の原稿が積まれている。あやめがトーンを貼っているのも、その内の一枚だ。

『手を伸ばせ！』の単行本は五話ずつで構成されている。波が倒れてから世に出た話は、第百十六話と第百十七話のみ。既刊二十三巻は百十五話で終わっているため、存在しない単行本第二十四巻を完成させるには、残りの三話、百十八話、百十九話、百二十話が必要になる計算だ。

現在、第百十八話が完成間近で、第百十九話は浪漫がネーム作りの真っ最中。

この調子でいけば——自分の不甲斐なさはともかくとして——春を迎える前には

すべてが終わるだろうと、凪斗は考えていた。

「ところで、ポスターどうだった？」

あやめはトーンを貼りながら、尋ねる。

「好評だったよ、すごく」

「そう。それはよかった」

顔を上げ、柔らかな表情を浮かべるあやめ。お気に入りだと言っていた薄紫色のネイルは、今では黒のインクに滲んでいる。

「本当、ありがとな」

「あたしもわりと役に立つでしょ」

身体を伸ばしたあやめは、にひひと笑った。窓から射し込む光が彼女の輪郭を白銀にふち取る。まるで手の届かない星みたいな輝き方をする彼女に、凪斗は目を細くした。

「あやめはさ、デザイナーになれるよ」

「そう？　そうでもないと思うけど」

あやめは綺麗な形をした目を、一瞬大きく開いてから、再び手元の原稿に視線を落とした。わずかに歪んだ口元は、笑っているようにも、悩んでいるようにも見える。

「凪はさ」

「うん？」

「凪は、漫画家にならなくていいよ」

原稿に落とした視線は上げないまま、彼女は言った。

日差しを含んだぬるい沈黙が、束の間、凪斗の口にへばりつく。

「ならねえよ。なんだよ、急に」

「ううん、なんでも。てか、凪も突っ立ってないで手伝ってよ」

「おお、わり」

「ね、大学行ったらさ、同じサークル入ろうか」

「まあ、別にいいけど」

ふたりの声がふわりと浮かぶ。天井に跳ね返って、空気を揺らす。

嘘みたいに透き通った冬の空が窓の外に広がっていた。射し込む冬の陽はやけに白い。それを吸ったあやめの髪の毛は溶けかけの氷柱《つらら》のように輝いている。

高校生活最後の一年は、何色になるのだろう。

あやめはふいに、そんなことを考えた。

第三章　時化《しけ》る部室棟

白井紡は身体の小さな女の子だ。人混みに行けば呑まれるし、孤立する様は心許ない。親は彼女を心配し、周囲は無意識に可哀そうだと捉えていた。

そういった客観的な評価を知ってかしらずか、紡は幼い頃から、周囲と一定の距離を保つようにして生きてきた。他人の表情が見えるか見えないかの縁ばかりを歩き、他人の放つ熱が鈍いまでに冷めてしまう距離で、呑まれぬよう孤立せぬよう生きてきた。

「ねえ、化学の実験、一緒にやらない？」

「いいけど、でもあれ席順じゃん？」

「えー、うそぉ。そうだっけ」

クラスメイトの会話を遠巻きに聞く彼女の心は、しかし今では鋭敏だ。鈍い熱を感受し続け、研ぎ澄まされた紡の心は、自身と無関係の会話も自分の事として受け止めはじめた。いつからか、他人の言葉のすべてに心が揺らいだ。ゆえに中学の三年間は心に生傷が絶えなくて、紡は、それまで以上に他人から遠ざかってしまった。顔も熱も色もわからぬほど、遠く距離をとった。気が付けば、ひとりになっていた。

まるで冬の海にいたみたいだった、と今更ながらに紡は思う。

沈まぬよう、溺れぬよう、浜辺を行くみんなと離れ、ひとり波打ち際を行く。常に彼女と共にあったのは、大好きな祖母からもらったシュシュだけ。そのシュシュも、一年前の入学説明会の時に自分の不注意で失くしてしまった。肌身離さずつけていた、言わば浮き具のようなシュシュを失った紡は、自分が築いた世界での平衡感覚を失った。

そうして、冷たい砂地に這いつくばる紡の前に彼女は現れたのだ。

「紡ちゃんは、きっと淡いブルーが似合うね」

彼女の笑顔も放つ熱も、紡には眩しく、熱すぎた。

水膨れもできぬほどに深く心が焼けた、あの甘美な痛み。

紡は今も、忘れることができずにいる。

「あやめ、いかんのー？」

「ううん、いくいく」

ひとり離れて廊下を歩く薄水色のシュシュを、丸い瞳が捉えていた。

桃倉あやめは学校にいる時間のほとんどを誰かと過ごしている。入学当初は意識的にそうしていたが、今では無意識に誰かの隣を歩き、誰かが隣を歩くようになっていた。それを自身の強みや、ましてや弱みだと思ったことは、一度としてない。

「もしかして、彼氏のこと考えてた？」

「彼氏？　いないよ、あたし」

手を振るあやめに、友人は意地悪く眉をひそめた。

「紅藤くんと付き合ってるんじゃないの？」

「付き合ってないよ」

「えー、ほんとにぃ？」

「ほんとに。ただの友達だよ」

嘘は吐いていない。胸の内で勝手に言い訳をして、手で髪を梳《す》く。

あやめは自分の赤みがかった髪が嫌いではなかった。英国人である祖母から譲り受けた赤髪は、無個性を自認するあやめにとっては、むしろ宝物のような存在だった。いくら教師に黒く染めてこいと言われても、遊んでいるように見られても、この髪だけは譲らないと心に決めていた。

その自慢の髪が一番映えるのが、昼である今だ。空の天辺から降り注ぐ強い日光を吸った髪の毛はルビーのように輝き、周囲の黒や茶の髪の毛を寄せ付けない。

だから、この時間のあやめはいつもきょろきょろと視線を動かしている。

自慢の髪が一番綺麗に見える時間に、あやめは彼の背中を探している。

すれちがった女子生徒の髪の色に、浪漫は気付いていなかった。手に持った封筒に貼り付いた視線は上がることがなく、前など一瞬たりとも見ていない。それでも浪漫が人にぶつからないのは、浪漫の巨軀を怖れた者たちが勝手に避けていくからだ。

浪漫はそれにも、気が付かない。

「失礼します」

職員室に入ると、教師の視線が一気に集まった。漆川浪漫は生徒からよりも、教師から注目を集める人間だ。なにせ頭も良く、芸術の才もあり、運動もできる。家庭環境も良ければ、素行もいい。声の大きさにさえ目を瞑れば、まさに手のかからない生徒の模範ともいえる。

しかし最近、浪漫に向けられる視線は、どこか冷めていた。進学実績を重視する学校ゆえに、力強く前だけを見る彼の目が、一部の教師から反感を買っていた。

「ああ、来たか漆川。どれ、そこに掛けてくれ」

浪漫は担任に促されるまま、ソファに腰掛けた。「いやいや、年明けはばたばたしてていかんね」と笑う担任の表情は、どこか強張っている。

「すまんな、自習時間に呼び出したりなんかして。三年は登校日が少ないから、今日くらいしか面と向かって話ができないと思ってな」

「いえ、大丈夫です。それよりも先生、お話とは」

毅然とした浪漫の態度に、一瞬苦い表情をした担任教師は「それじゃあ、漆川、単刀直入に聞くけどね」と前置きをして、本題に移る。

「入試を受けないって、本当かい」

「本当です」

浪漫の答えに、職員室内が静かにどよめく。

「しかしなぁ。君の成績なら、国立でも好きなところが受けられるだろう」

ため息を吐いた担任は「漫画か」と渋るように言った。

「そうです」

「漆川、たしかにおまえは才能があるかもしれん。だがなぁ、大学は行っておいてもいいんじゃないか？　創作の刺激にもなるだろう。どうしてそう急ぐんだ」

「俺が急ぐ理由なら、ここにあります」

俺が今てっぺんにいる証拠なら、ここにあります。

浪漫は胸の内でそう言い換えて、「三葉社　漫画事業部　第一編集室」の文字が刻まれた封筒を手渡した。

「親には昨晩、伝えてあります。今晩もう一度、ちゃんと話すつもりです」

その様子を遠巻きに見ていた体育教師の蔵持善治が、ふんっと大きく鼻を鳴らした。

○

「あ、浪漫先輩」

「おう、紅藤か」

午前の授業をすべて終え、音楽室から戻る凪斗は、職員室から出てきたばかりの浪漫とばったり出くわした。

「なにかあったんですか？」

浪漫の背後に視線を投げながら、なにげなく尋ねる。

「いや、別にな。野暮用だ」

「そうですか。それよりも先輩、冬休みに残りの脚本見直したんですけど、ちょっと直したいところを見つけたんですよ。最終話の前半なんですけど、主人公が別れを再確認するシーンで——あれ、聞いてます？」

「ああ、すまん。聞いてるぞ」

「先輩、こっからラストスパートなんですから、しゃきっとしてくださいよ」

凪斗が軽く肩を叩く。浪漫は「そうだな。こいつはすまん」と嚙み締めた奥歯からいくつか言葉を零して、強く笑った。

「おつかれさまでーす」

放課後、あやめが部室に着くと既に三人ともそろっていた。紡は真新しい生地に針を通していて、凪斗はせっせと脚本の修正を行っている。浪漫は大きな身体を前傾にし、奥の席で脚本からネームを起こしている。この部屋ではよく見る光景だ。

しかし、足りないものがひとつだけあった。気付いているのは、あやめだけではない。

席に着いたばかりのあやめの顔を覗き込む瞳がある。紡だ。紡がいつもの上目遣いで覗き込んでくるから、あやめは短く息を吐き、「なんか今日、静かですね」と誰にともなく言うはめになった。

「…………」

どの席からも、何の反応もない。あやめがしぶとく「体調でも悪いんですか、部長」と続けると、浪漫はゆっくりと面を上げた。

「集中してるんだよ」

怒ってはいない、けれど厳《おごそ》かな声だった。

聞いた？　と問うようにあやめが紡に視線を向ける。紡はさらに不安げな色を瞳ににじませた。卑怯な子だ、とあやめは思った。

浪漫に一言「それは失礼しました」と返したあやめは、紡からの視線も切って、単行本のカバーデザインラフに取り掛かった。カバーデザインはこれまでにもいくつか提案しているけれど、「しっくりこない」という理由で、浪漫と凪斗にボツをくらっていた。

あたしも、集中しないとな。

あやめには、どうしても主人公とヒロインの距離が描けないでいた。頭の中に正解に近いイメージはある。だけど、それを描いてしまうのがどうにも怖かった。

あやめは凪斗の横顔をちらりと見る。すごく整っている顔、というわけでもない。しかし彼を見ていると、自分の欠けた部分に——それがどこかはわからないけれど——彼の輪郭がぴったりはまるような気がして心地よかった。彼を見ていると、胸の裏側がざわわっと騒ぎ、鎖骨のあたりがくすぐったくなる。口元はゆるむのに、目は裏腹にきつくなる。その感覚があやめは好きだった。たまらなく好きで、手放したくないから、今も描きたくもない距離と向き合い、苦心している。

あやめが髪に手櫛を通していると、部屋の奥から、椅子の滑る音がした。

「すまないが、今日はもう帰らせてもらう」

浪漫が立っていた。スクールバッグを肩に担ぎ、マフラーを首に巻いている。口はまっすぐに結ばれていて、目にはやたらと力が満ちていた。

「部長。もう帰るんですか？」

と、あやめが訊ねる。浪漫は「ちょいと野暮用でな」と口元だけに笑みを浮かべて、足早に部室を出ていった。

「凪、いいの？」

温度の少し下がった部室で、あやめは凪斗の顔を窺う。

「……まあ、いいんじゃねえの。作業は順調だし、先輩も少しくらい休みたいだろ」

「でも、今日の部長、なんか様子おかしかったよ」

「あの人はいつだっておかしいだろ。それに最近、波の体調もいいみたいなんだよ。だから、まあ、いいだろ。先輩、休みなく色々やってくれてたし」

「そうかもしれないけど……」

あやめの顔をちらりと見た凪斗は、「気にしすぎだって」と軽い調子で笑ってみせた。

その顔を見たあやめは、どうしてだろう、少しだけ腹が立った。

○

一月の折り返し地点は思いのほか暖かく、引っ込み思案な春が少しだけ様子を見に来たような、柔らかい日が続いていた。

遠塚高校の南西部、部室棟にも淡い陽が射している。古い校舎ゆえに、日に照らされると小皺のようなひびや傷が影として現れてしまう。特に窓ガラスなんかは、表面についたすり傷が陽の光を乱反射してちらちらと輝き、目に障る。

でも、傷のついたガラスって、よく見れば綺麗かもしれない。

あやめがそんなことを思ったのは、いつもはその大きな身体で窓ガラスを隠している部屋の主が見当たらないからだった。

「部長、どうしたんだろうね」

煌めく窓ガラスに向けて、あやめが言った。凪斗は曖昧な相槌を打つのみで、紡は揺れる瞳で見てくるばかりだ。

「ねえ、凪」

「さあな。撮り貯めたアニメでも見てるんじゃないの」

「ちょっと、適当すぎない？」

「だってしかたないだろ、いないもんはいないんだから。俺たちでやれることをコツコツ進めるしかないって」

凪斗が言ってから、部室の空気は押し黙った。凪斗の語気が強かったわけではない。どちらかと言えば、優しい声音だった。

だから、あやめが口を尖らせている理由が凪斗にはわからなかった。

凪斗は音もなく、浅いため息をつく。一瞬、紡と視線が合うが、すぐに逸らされてしまう。不思議と舌は音を立てない。プロジェクト・マスターピースがはじまってから、凪斗は苛立ちを舌に乗せることが極端に減っていた。こちらも理由はわからない。

そのまましばらく無音を繋いでいると、あやめが不意に「あっ」と短い声をあげた。

「どうしたんだよ」

「なんでもない」

「言えよ」

静かな室内を裂くように言葉が飛び、すぐに止んだ。裂け目からは不穏な空気が漏れ出していて、息苦しい。紡もたどたどしく視線を泳がせている。漂着点は、あやめの双眸だ。

「いいじゃん、別に」

「なんで」

「言わない」

わかってるから、そんな目で見ないでよ。

あやめは紡の視線を乱暴に振り切って、凪斗の顔を見た。

「月の写真が載った資料。図書室で借りるつもりだったのに、忘れてたの」

「なんだよ、最初からそう言えよ」

「……ごめん」

「じゃあ、俺、取ってくるから」

「いいよ。自分で取ってくる」

「いいって。俺も図書室に用事あったし」

「なに、用事って」

「いいだろ、なんでも」

凪斗は言いながら席を立って、部室のドアに手を掛けた。

ふっと振り返り、部室の中を見遣る。紡は単行本の発売を知らせる小冊子を作っており、その小さな身体の後ろには材料が余ったからとたくさん作られた月面兎のビーズクッションが置かれている。紡の前にはあやめがいて、手元には今までに刊行された単行本がいくつか並べられている。

もう見慣れた光景だ。たったひとつの空白を除いては。

あんなに存在感があったのに、なぜだかこのままずっと空白のような、そんなうすら寒さが窓の前に漂っていた。

「行かないの？」

ぼうっとしている凪斗に、あやめはわざと意地の悪い口調で言った。

「行くよ」

「用事があるから？」

「そうだよ」

凪斗が出ていくと、部室は一層静かになった。

その隙を狙っていたかのように、紡が身を乗り出す。

「凪斗先輩、図書室になんの用事があるんですかね」

「ないよ、用事なんか」

「え?」

「そういうやつなんだよ、凪は」

あやめは口元だけ弛めて、茜に染まる窓を見る。

その時、紡の目は一瞬にしてあやめに釘付けになってしまった。

淡く色づく頰、ちらちらと輝く髪の毛、澄んだ瞳、儚げな口元。

綺麗だと、心から思った。

「どうしたの、紡ちゃん。あたしの髪になにかついてる?」

「あ、いえ、なんでも、です」

彼女はまるで傷のついたガラスみたいだと、紡は思った。

○

外は寒風が吹き荒んでいる。それにもかかわらず、窓や壁を透過してくる野球部の声は、熱く、太く、力強い。廊下を歩く凪斗は、その声を聞くとどうにも笑みが零れてしまう。やっぱり青春の権化だな、と。大きな羨望とわずかな嫉妬が胸をくすぐるのだ。

凪斗が口元を揺らしながら歩いていると、肩をとんっと叩かれた。

「よう、凪斗」

「おお、堀田。なんでこんなところにいるんだよ」

「トレ室に忘れもんしちまってよ、ほれ」

野球部主将、堀田佑が投げて渡した黒い腕輪を何の気なしに片手で受け取った凪斗は、その重さに思わず失笑した。鉛の板が入っていることは、すぐにわかった。

「こんなもんつけて、まるで少年漫画の修行みたいだな」

重りを投げ返しながら、凪斗は軽口を叩く。

「春のセンバツの発表、今週でな、ちょっと気張ってるんだ」

「それでか、いつもより暑苦しい声が聞こえてくるのは」

「ああ、俺だけじゃない、みんなやる気でてる。いまさら頑張ったところで選考が有利になるなんてこと、ないんだけどな」

堀田の自嘲気味な笑みに、凪斗はふっと息を吐き、笑ったふりをする。

「いけそうか？」

「正直、わからん。けど、充分狙える位置にいるんじゃないかと俺は踏んでる。今年、関東からは六校。補欠校もいれたら十校が選ばれるから、可能性はある」

「前にグラウンドで聞いた時より強気じゃん」

「言霊《ことだま》ってやつだ。やっぱこういうのは声にせんと」

「まあ、頑張れよ」

「おう。凪斗はあんま頑張るなよ」

「なんでだよ」

「俺は桃色の青春が嫌いなんだ」

がははと笑った堀田は、去り際に「冗談だよ」と付け足した。

「最近の凪斗、なんか楽しそうだからな。軽い嫉妬だ」

「おまえからの嫉妬なんていらねえよ。いいから、早く練習戻れよ」

「言われんでも戻るわ。じゃあな」

「おう、じゃあな」

去っていく彼の背からは、汗と土のにおいがする。凪斗はゆっくり肺を膨らませて、ふぅと口から吐き出した。

頑張らないわけにはいかないよな、お互い。

またも小さく笑って、凪斗は渡り廊下を抜けた。

部室棟よりも小綺麗な本校舎内を少し歩き、図書室の前に立つ。明り取り窓からは、受験前だということもあり、塾や家庭教師を利用していない最上級生たちが最後の追い込みに勤しむ姿が窺える。

他人事に感じつつも、気を使って、そっと引き戸を開く。からからと扉の鳴く音がすると、数人の生徒が凪斗の方をちらりと見た。みな一様に、神経質な目をしていた。

すんません。

凪斗は表情だけで謝って、自然科学のコーナーへ忍び足で向かった。

遠塚高校の図書室は県立にもかかわらず、存外広い。自然科学、人文科学、社会科学の三つのブースに分けられていて、すべてのブースに十名程度が座れる長机が用意されている。書籍の品ぞろえも良く、人文科学の棚には流行りの漫画も置いてあったりする。――これは身体の大きい漫画部部長の仕業だ。

図書室にゆかりのない凪斗は、久しぶりに感じる本棚の大きさに驚きつつも、人文科学コーナーの机にいる数名の生徒に気を取られていた。とりわけ、黒髪の女生徒の凛とした雰囲気に目を奪われていた。窓から射す柔い茜が、彼女の周りだけは紅く凝固しているように思われたのだ。

あいつ、漫画部のやつだよな、と記憶を掘り起こしていると、やおらに彼女の瞳が凪斗を捉えた。瞳の形は瞬く間に尖っていき、嫌悪の情を無言で語りかけてくる。

凪斗は心臓が穿たれた気がして、急ぎ足で本棚の陰へ逃げ込んだ。

なんだあいつ、おっかねえ。

勢いのまま、あやめのために資料をいくつか見繕い、貸し出しカウンターで手早く処理をした。図書室の引き戸を再び引くと、背後に冷たい気配が浮かんだ。

「ねえ」という呼び声が背を這う。凪斗が返答に窮していると、黒髪の女生徒──汐見玲は一息に、プラスチックみたいに無機質な声でこう告げた。

「いい加減、先輩の邪魔やめてくれる？」

「……え？」

「桃倉にも言っておいてよ。あんたたち、仲良いんでしょ？」

からからと軽い音を立てて、扉が閉まる。

廊下には彼女の冷たい残り香だけが薄く漂っていた。

○

次の日も、そのまた次の日も、浪漫は部室に現れなかった。

「とにかく、やれることをやろうぜ」

と、気丈に振る舞う凪斗に先導され、作業は地道に進められた。コラボグッズ、偽のバーコードとISBNコードの準備、単行本に挟む小冊子と売上スリップの作成。作戦に必要な多くの手順に、既にチェックマークがついていた。

残すは最終話の原稿作業と単行本のカバーデザイン。そして印刷と製本、装丁作業のみ。しかし、ここから先は浪漫がいなければ進められない領域だ。中でも原稿作業は、代替可能な人材がいない。

「部長、今日も来ないんです、かね」

紡が囁くように言った。小さすぎる声は普段ならグラウンドから響く野球部の熱にかき消されてしまうはずだが、今日はなぜだか一言一句、部屋の隅まで届いている。

「凪、どうする？　この後の作業」

「うーん、表紙は着彩もあって時間かかりそうだし、部長からオーケーもらったらすぐに作り出せるよう、ある程度デザイン固めときたいよな。あやめ、現状のラフ見せてくれない？」

「うん。わかった」

あやめがスクールバッグの中からラフデザインを取り出そうとしたその時、部室のドアが勢いよく開いた。

「よう、久しぶりだな」

右手を高く掲げて入室してきたのは、漫画部部長、漆川浪漫だ。「しかし冷えるな、ここは」と軽い調子で笑いながら、何事もなかったかのように窓際の席に腰掛ける。

「なんだおまえら、ハリウッドスターが湧いて出たみたいな面して。どれ、握手でもしてやろうか？」

大笑する浪漫に、三人はしばし呆気にとられた。まるで昨日からそこにいたみたいに、窓際の空白にすっぽりとはまっている。声の調子もそのままで、態度の大きさもそのままだ。

あやめと凪斗が視線だけを突き合わせ、どう声をかけるか探り合っていると

「あの、部長さん」と紡が真っ先に席を立っていた。

「単行本に挟む小冊子、できました」

「おお、よくやった白井。うん、素晴らしい出来だ」

「やはり白井はセンスがあるな」と笑う浪漫は、どうして今まで部室に来なかったのか、言おうともしない。その態度に怒りを覚えたのはあやめだけのようで、凪斗はと言えば、ほっとした表情を浮かべていた。

「先輩、来てくれて助かりましたよ」

「すまんな。ちゃんと話しておけばよかった」

「いや、いいんです。波も最近体調いいですし、少しの遅れくらい全然問題ないですよ。それよりも、最終話の原稿なんですけど――」

「紅藤、そのことなんだが」

浪漫は一歩後退ると、背筋を正し、大きな身体を九十度に折り曲げた。

彼の身体の動きに合わせて、凪いでいた部室の空気がゆっくりと時化る。

「すまん。俺はもう描けない」

浪漫は床に向かって、言葉を落とした。

「え、描けないって、どういう意味ですか……？」

「そのままの意味だ。俺は、おまえたちを手伝うことができなくなった」

凪斗も、あやめも、紡も、浪漫の吐いた言葉の意味を理解はすれど、腹に収めることができなかった。口々になにか言おうとして、呑み込んで、喉の渇きに苦しんだ。

「でもだって、入試も余裕だから、暇って……」

「秋口に送った新作が編集部に好評でな。修正を重ねた結果、連載が決まった」

三人の喉がきゅっと絞られる。言葉が出ない。

「黙っていてすまない。確実に決まってから言おうと思ってたんだ。吹聴《ふいちょう》しておいて実はダメでしたなんて、俺にはできなかった。もう、口ばっかりな自分に失望したくは、なかったんだ」

浪漫の苦笑だけが、薄っすら響く。

「夢だったんだよ、連載持つの。新人賞を獲ってから、もう四年経つ。ネームを送ってはボツを食らい続けた俺が、ようやく、ようやく連載を持てるんだ」

「けど、浪漫先輩がいないと漫画が」

押し潰れそうな喉を開いて、凪斗はようやく言葉を発した。

苦悶の滲む横顔に、あやめの視線が寄りかかる。

「すまない、紅藤。それでも、俺はこのチャンスを逃したくない」

「漫画は、最終話はどうすればいいんですか」

「申し訳ないと思っている」

「物語には結末が必要だって言ったのは。あなたじゃないですか」

「……すまない」

「波が、波が待ってるんですよ」

「凪、落ち着いて。部長は元々厚意でやってくれてたんだよ」

あやめの手を振り払い、凪斗は浪漫に詰め寄った。

頭ひとつ高い浪漫をにらみつけ、震える手で拳を握る。

「本当に、できないんですか」

「ああ、本当だ」

「逃げないでくださいよ先輩。あんた、天才なんでしょう。両立だってきっと
──」

「ばかなことを言うな。俺は、天才なんかじゃない！　泥臭く努力して、ようやくここまで来たんだ！」

浪漫の巨軀が、野太く震えた。

「四年だぞ、四年も待ったんだ！　わかるかおまえに、このプレッシャーが！　父も母も俺の漫画を応援すると言ってはいるが、きっと進学してほしいに決まっている。高校卒業までに連載を持てなかったら漫画はきっぱり諦めて、浪人してでも大学に行くよう何度も言われてる。ここを逃したら、俺にはもう後がない。今しかないんだよ！」

魂の外側が剝がれ落ちたような、大きな声だ。

「なあ、紅藤、俺が勝手なのは認めよう。だが、おまえはどうだ？」

浪漫の太い腕が、凪斗の襟元を強く摑んだ。

「桃倉も白井も、短い高校生活の貴重な時間を捧げて、おまえの企みに付き合ってるんだ。それなのに、おまえは俺たちに頼るばかりで、なにも賭けようとしてないじゃないか。おまえは俺の、俺たちの人生を背負う覚悟があるのかよ。一度漫画から逃げたおまえが、俺たちに逃げるなって言うのかよ！」

心の内側に隠していた言葉が声になって飛び出して、浪漫はふと我に返った。

部室を見渡す。未だ白さを保ったままの陽射しが、部室の中をモノクロに染め上げている。自身がライバルと認めた男は喪心状態で、すぐそばに佇む小柄な少女は、もうほとんど泣いていた。

それでも浪漫が自己嫌悪に押し潰されなかったのは、彼女の、あやめのおかげだ。あやめの瞳だけが彼の言動を厳しく責めていたから、浪漫は息を続けられた。

「……すまん。卑怯なことを言ってしまった。忘れてくれ」

スクールバッグを肩にかけて、浪漫はひとり、部室を出た。扉一枚を隔てて、すすり泣く声が聞こえてくる。窓の外には氷塊のような冬の陽が吊り下がっていて、ああ、部室の中は存外暖かかったのだと、浪漫はその時、ようやく気付いた。

◯

一月の下旬。その日、漫画部の部室にいたのは二人だけだった。

あやめは紡の作った兎型のクッションを膝に乗せ、単行本のカバーデザインを描いている。対面に座る紡はただ静かに、不要な紙束をコミック本の形に加工する練習を行っていた。

二人の間に、会話らしい会話はない。作業をする手の動きも、緩慢だ。

浪漫が去ってから一週間が経っていた。彼がいないなかでも、なんとか三人だけで作業を続けていたのだが、それもついに崩れかかっていた。

二日前、追い討ちをかけるように波の体調が急変したのだ。

今日の昼過ぎ、面会謝絶の札が外れたとの報せを受けた凪斗は、すぐに早退し、波の見舞いに向かった。二藍波の存在を忘れかけている学年の友人たちは、凪斗の早退の理由に気が付きもせず、ずる休みだと冷やかしていた。

あやめはそんな彼らのお気楽な態度が、ほんの少しだけ羨ましかった。

「紡ちゃん、今日は何時までいる」

「……あやめ先輩に合わせます」

「そう」

事務的な会話が部屋の中でやけに響いた。校庭から聞こえる野球部の声には、ここ最近覇気がない。春のセンバツの出場校が発表された一週間前から、この調子だ。一番大きかった主将の声は、あれから一度も聞こえてこない。

空の端が赤く染まってきた。太陽が夕の色を纏おうとしている。ぬるくて、静かな時間。みんなの髪が赤く染まる、あやめの一番嫌いな時間。

あやめが手櫛を通していると、ばたんっ、と鋭い音が転がり込んできた。

「え、凪？」

戸口に立っていたのは、顔を白くした凪斗だ。あやめが「二藍さん、どうだった？」と尋ねると、椅子を引きながら「今は、落ち着いてる」と彼は答えた。

「そう……良かった」

「あいつ、年を越すあたりから隠れてリハビリしてたんだってさ」

凪斗の言葉に、あやめも紡も息を止めた。

「寝てばっかりで体力落ちてたから、退院したらすぐに学校通えるように、歩く練習をしてたらしいんだ。心臓に負担、かかるのに」

その声はわずかに湿り気を帯びている。机に突っ伏してしまった凪斗の表情が透けて見える。

「ばかだよなぁ、あいつ。こっちの気も知らないで」

おもむろに起き上がった凪斗の表情は硬い。両の目にはむやみに力が込められていて、画材を拡げる手には震えが窺える。

「もうあんまり、時間ないんだってさ」

「誰が言ってたんですか、それ」

紡が今にも崩れそうな表情で訊ねた。

「おばさん。波のお母さん。帰り際、病院の外で電話してるの聞いちゃったんだよ、偶然。本当、おばさんも不用心だよな、もっと聞こえないところで話せってんだよ」

自嘲気味に吐き捨てられた凪斗の声に、紡は深く息を吸った。それから急に席を立ち、スクールバッグを手に部室を飛び出した。「紡ちゃん！」と掛けられたあやめの声は空を切り、扉の前にぽとりと落ちる。

「しかたないよ。あいつ、波のことすごい慕ってたから」

「でも……」

あやめは目を伏せ、それから、瞠目した。

下がった視線の先で、凪斗がそっと、ペンを握っていたのだ。

「ねえ、凪」

「どうした？」

「凪が、描くの？」

「ああ、描くよ」

「……描けるの？」

「うん。先輩とは比べ物にならないくらい下手だけどさ、描くよ、俺」

波が待ってるんだ。
そう語る彼の横顔に、あやめの心は内側から灼けていく。
じりじりと胸が焦げ、喉までもが熱くなる。
「あたし、手伝える人探してくる」
気が付けば、部室を飛び出していた。凪斗ひとりを残して、あやめは廊下を駆けた。
そうして走りながら、あやめは安堵した。
自分にはまだ、彼の隣にいる権利があるのだと。
あなたの手で描いてほしくない、とは言わなかったのだと。

○

図書室の人文科学コーナーの片隅。机上で作業をする数人の生徒が、困ったような表情を浮かべている。「漫画作りを手伝ってほしい」という幽霊部員の声は、思ったよりしつこく絡みついていた。

「ほら、てっちゃんさ、漫画家志望じゃん？　いい練習になると思うんだよね」

「いやぁ、部長の後任は荷が重いですよ」

「じゃあ、美咲《みさき》ちゃんは？　同人誌作りたいって言ってたじゃん？」

「私も、ちょっと……」

「そっかぁ。良い話だと思うんだけど」

「というか桃倉先輩、なんの漫画なんですか、それ？　来年の夏コミ用ですか？」

「いや、うん、まあ、そんな感じ」

急いで貼り付けられた笑顔からは誤魔化しが漏れていて、部員たちはやはり断りの言葉を並べるだけだ。

「ね、やっぱり考えてみてくれない？　お願い」

それでも引き下がらないあやめに部員たちが辟易《へきえき》していると、「ねえ」と凛とした声が響いた。

「図書室に来るのは自由だけどさ。せめてルールくらい守ったら？」

「……汐見」

汐見玲の長い指が私語厳禁の張り紙を指していた。中学の頃から変わらないその無愛想な眼差しに、あやめはバツが悪くなる。

汐見は鋭い眼差しをちらりと扉に向けて、踵を返した。有無を言わせない雰囲気に、あやめは従うほかない。

図書室を出ると、汐見は前を歩きながら話しはじめた。

「桃倉、あんた、『手を伸ばせ!』、そんなに好きだったっけ」

「別に、そんな好きじゃない」

「そうよね。たしかあんた、中二の時にはもう読んでなかったもんね。でもまあ、あの時に読むの止めておいて正解。作者が問題起こさなくても、あの漫画はもう終わってたよ」

「なんで?」

「なんでって、つまらなかったから。安定したおもしろさっていう人もいるけど、私からしたら停滞してただけ。惰性でだらだら続けて、すぱっと決着を付ける潔さもなかった。ほんと、ザ駄作って感じ」

「違うよ、あの漫画は――」

言いかけて、胸の内でくすぶる感情に気付く。

あやめはそれを抑え込むように息を吸い、ようやく言った。

「あの漫画は傑作になるの、これから」

振り返った汐見の眉間には深い皺が寄っていた。純粋な困惑だけでできたものではなく、いくらかの怒りが混じった皺だ。

「はあ？　意味わかんない」

汐見は言って、少しの間、押し黙った。

図書室から一番近い階段の踊り場に着いたところで、汐見は再び口を開く。

「ねえ、なんでわざわざ図書室まで来て他の部員とコミュニケーション取ってたの？　幽霊部員のくせに」

意味の分からないことはいったん忘れ、胸中の感情のみで言葉を作る。

「ねえ、なんで？」

夕日を弾く綺麗な黒髪があやめの思考を搦《から》め捕る。あやめは無意識に自身の髪先に触れてから、「あのさ、汐見」と柔らかい声を発するが、それに汐見は応えない。

「桃倉、あんたさ、コミケにいたでしょ」

代わりにそう言って、薄く笑う。

「見たよ。屋上展示場でコスプレの撮影してたの」

「汐見も、いたんだ」

「いたわよ。悪い？」

「……悪くないけど」

「ねえ、なんで漆川先輩と一緒にいたの？」

「それは……」

汐見の切れ長の目が、あやめをきつく睨みつける。「どうして？」と迫る瞳の中に、あやめは、自分が抱える感情と同じものを見た気がした。

「汐見、あのね――」

だからあやめは、舌先に乗せた嘘をぐっと呑み込んで、全てを語ったのだ。

――――。

あやめの話を聞いた汐見は、まるで余分な感情を抜くように細く長い息を吐いた。それからいつもの冷めた調子で、「だから『手を伸ばせ！』の衣装を着た人、撮ってたんだ」とあやめの双眸をじっと見据えた。

「周りには、言わないでほしいんだけど……」

「言わないわよ。私、そこまで性格悪くないもの」

汐見は「でも、桃倉らしいね」と言い添えて、くすっと笑う。

「あんたって、ずぅっとそうだよね。中学の頃から、ずっとそう。一時の感情に身を任せて、後先考えずに行動して、だからいつも最後に後悔するんだよ」

「そんなことない」

「へえ、じゃあ中学の時にイラストのコンペ辞退したのも、後悔してないんだ」

「それは……」

「私、本当に嬉しかったよ。金賞獲った時。あんたが辞退したって聞くまではね」

あやめは口を噤み、言葉を呑んだ。

「でもいいんじゃない、お似合いだよ、あんたと紅藤くん。彼も結構、後先考えないタイプでしょ。けどさぁ、それに先輩を巻き込まないでよ」

「巻き込むって、そんな」

「巻き込んでるでしょ。都合の良いように考えないでよ。連載を控えた先輩の貴重な時間を奪ってるのは、あなたたち。違う？」

「それは……」

「正直な話、二藍さんの病状がどうとか、私にはどうでもいいの。だって、今まで彼女と関わりなかったもの。同級生ってだけで、ほとんど他人。私はそこまで共感性が高くないし、高いふりをするつもりもない。そこらへんの人たちみたいに、二藍さんかわいそう、なんて騙《かた》るつもりは微塵もない。あんたも本当はそうなんじゃないの？」

あやめは喉に力を込めた。違う、と力強く否定をしたかった。けれど、踊り場に溜まった冷気を揺らしたのは、曖昧な吐息のみ。そんなあやめの姿を見て、汐見は「ねえ、桃倉」と口を歪めた。

「あんた、本当はチャンスだって思ったんじゃないの」

「……え？」

「二藍さんと紅藤くん、仲が良かったもんね」

「……やめて」

「彼と過ごす時間が増えて、嬉しかったんだよね」

「やめてったら」

「だってそうでしょ。桃倉、あんた、あいつのこと――」

踊り場の空気が、ぱんっ、と弾けた。

「やめてよ……」

今にも濡れそうな目を伏せて、あやめは弱々しく呟いた。振り抜いた右手をだらりと垂らし、「ごめん、あたし」と言いかける。

「またそうやって後悔するの？」

打たれた頬を押さえることもなく、淡々とした口調で語る汐見の姿が、あやめにはとても恐ろしい存在に見えた。

だから、あやめは逃げ出した。燃えるように赤い踊り場から駆け出した。

去っていくその背は、中学の頃から変わらないように見える。

ほんと、桃倉らしい。

汐見は無言で呟き、ようやく頬に這った痛みの手触りをたしかめた。

部室のドアが開いたことに、凪斗は数秒遅れて気が付いた。

緩慢に動かした視線の先には、あやめが立っている。窓から射す茜のせいで、その顔色は窺えない。代わりに、煌めく赤毛に目を奪われた。

「ねえ、凪」

あやめが言った。

「どうした？」

「……ううん。頑張ろうね、二藍さんのために」

「おう」

凪斗は原稿に注意を戻しながら、返事をした。

人気《ひとけ》の減った部室の空気は春に向かう外気とは逆行するように、うすら寒い。

それはあやめが席に着いても変わらなくて、滅入りそうになる。

大丈夫、まだ三人いるんだ。

と、凪斗は弱気な気持ちに鞭を打った。

次の日、白井紡が学校を休んだ。

〇

紡が学校を休んだ日から、三日経っていた。彼女は次の日から学校には来ていたようだが、今も部室には顔を出していない。凪斗も最初は気にしていた様子だったが、あやめが教室まで呼びに行った際、目も合わさずに逃げたという話を聞いてから、紡の話はしなくなった。

だから、現在部室にいるのは凪斗とあやめだけだ。

外は深い夕暮れだった。伸びた影法師が凪斗の手に触れてしまいそうで、あやめはすぐに姿勢を正した。部室を窓から覗いていた夕陽は、もう地平の近くまで沈んでいて、二人を見るその顔は照れたように紅潮している。

彼と過ごす時間が増えて、嬉しかったんだよね。

汐見の言葉が、耳の奥でぴちゃんと跳ねる。

あやめはそれを否定するように、席を少し後ろに引いた。影法師が凪斗に寄りかからないように距離を取り、カバーイラストの原稿に向き合うために身を屈める。

不意に、部室の扉がゆっくりと開いた。

「紡ちゃん」

冷えた空気の中に白井紡が立っていた。あやめは平静を装い「座らないの？」と声をかける。しかし、紡は扉の前から動かない。

「波先輩のお見舞いに、行ってきました」

彼女の言葉はたしかな重みを持って部室の空気を揺らした。黙々と原稿の上を流れていた凪斗の右手も、思わず動きを止めた。

「波先輩、眠ったままでした。息も静かで、腕もすごく細くて、骨が張って痛そうで、肌も怖いくらいに白くて、今にもどこかに、消えちゃいそうで……」

紡は嗚咽《おえつ》を抑えるように、一回、息を止めた。

俯いた目から、頬に一縷《いちる》の涙が伝う。

「凪斗先輩、私――」

ようやく捉えた凪斗の顔には、疲労の色が薄っすらと滲んでいた。ここ最近、凪斗はまとまった睡眠を取っていない。浪漫が残した原稿と、紡が抜けた穴を埋める方法を考えるので、眠る時間も惜しかった。

それは紡にもわかっていた。

それでも紡は、頑なに言葉を継いだ。

「凪斗先輩。私、この計画が間違っているんじゃないかって、思ってきたんです」

「……そうか」

「私、もう、波先輩に嘘は吐けません。それを今日、言いに来ました」

ごめんなさい。と続けられた声は、もうほとんど濡れていた。

紡は洟をすすり、回れ右をした。背中に貼り付くふたつの視線が気にならないくらい、ドアノブは冷たく感じられる。それをぎゅっと回すと、「白井」と凪斗の声が肩に掛かった。

「手伝ってくれて、ありがとな」

紡は振り返らなかった。

熱も匂いも言葉も残さずに、漫画部を去った。

「凪、いいの？」

あやめの声は震えている。

「しかたないだろ」

凪斗は原稿に向き合ったまま、淡々と答えた。

あやめはそれ以上なんと声を掛けたらいいかわからなくて、部室の、本当にふたりだけになってしまった部屋の内側に視線を這わせた。

月面兎を模したビーズクッションが部屋の隅に転がっていた。紡が練習でたくさん作ったものだ。未だ弾力を失っていないそれを見ていると、紡のあどけない、少し卑怯な上目遣いが瞼の裏側に浮かんでくる。

いつか、波先輩とも食べたいです。

一緒に鼻を赤らめながら啜ったラーメンの匂いが鼻をくすぐる。

もう、ふたりの背中を押す健気な少女はいない。

濡れて重くなった瞳を上げると、今度は壁に貼られた設定画が網膜を焼いた。

浪漫が描いたものだ。視線を逸らしてもなお、彼の力強い声が身の内に響いてくる。

桃倉、おまえは一枚絵のデザインがうまいんだ、作ってやれ。

初めて触ったグローブとバットの手触りが指に蘇る。

もう、ふたりを引っ張ってくれる強引な先輩はいない。

「ねえ、もうやめようよ……こんなこと……」

あやめは無理矢理、声を絞り出した。

「……やめねえよ」

「あたしたちだけが勝手に盛り上がって、二藍さんの気持ち、考えられてないよ」

「それでも、やるんだよ」

「なんで、なんでそこまでして」

「波が待ってるんだ」

「あとでバレて、失望されるとしても?」

「ああ。あとでどんだけ罵倒されようと、あいつが今笑えるのなら、俺はなんだってやるって決めたんだ」

「……ばかみたい」

「ばかじゃ、いけないのかよ」

凪斗の声がワントーン低くなる。彼の唇は色を失い、目だけが青く燃えていた。そんな彼の態度にあやめの心は大きく裂け、出したくもない甲高い声が、とめどなく溢れ出た。

「そんなに二藍さんが大事なの⁉」

「ああ、そうだ！　悪いかよ！」

「なら、本当のことを言ってあげるのが優しさじゃないの⁉」

「なんでいまさらそんなこと言うんだよ！　あやめだって手伝ってたじゃないか！」

「当たり前じゃない！　だって、あたしは――ッ」

あやめはその先を言わなかった。ただ口を噤んで、拳を握った。

凪斗は静かに震えるあやめに言い返そうとして、やめた。

代わりに、彼女の顔をまっすぐに見つめていた。わずかに濡れて垂れ下がる睫《まつ》毛《げ》は、沈みかけの夕陽が乗っかって艶やかに揺れている。肩に掛からない長さの髪は燃えるように赤く、美しい。

凪斗は目の前の女性に瞳が吸い込まれそうになるのを感じた。だから、視線を無理やり原稿に戻して、気持ちを諌めるように息を吐いたのだ。

「俺はやめない。波の好きなこの漫画は、『手を伸ばせ！』は傑作なんだ。このまま終わりになんてできない。俺の手で必ず完成させる」

「……そんなの、おかしいよ」

「おかしくたっていい。あいつを喜ばせる可能性がわずかでも残っているのなら、俺はそれに賭ける」

「……そう。なら、そうすれば」

「あやめ……」

席を立つあやめに、凪斗の呼びかけは空を切る。

「あたしには、凪がわからない」

あやめはそう残し、部室を去った。

凪斗が伸ばした手は届かず、影法師すら、触れることはない。

第四章　グッバイ、マスターピース

「凪斗」

聞き飽きた声に後頭部を小突かれて、むすっとした表情で振り返る。夕日が目を焼いて、思わずまたたいた。枯葉の擦れる音が耳の中で跳ねる。風が運んで来た彼女のにおいが顔にかかる。

腹が立つ。見るもの、聞くもの、嗅ぐもの。すべてに苛立つ。

「無視しないでよ」

話しかけてくるなよ、と少年は思う。

「なんで、あんなこと言ったの」

波の呼びかけに凪斗は答えない。代わりに、視線を水平に伸ばして、波の顔を見た。

小学生の頃、凪斗よりも背の高かった波は、ランドセルがあまり似合っていなくて、凪斗にはそれが悔しかった。中学校に上がり、ランドセルを背負わなくなった波は、今度はブレザーがとてもよく似合っていて、それがまた悔しかった。

凪斗は詰襟に付いた中学校の校章に軽く触れ、舌を鳴らした。将来に期待して買ったワンサイズ上の学生服は、二年経ってもまだ大きくて、気を抜くと袖が手を隠す。凪斗にはそれが守られているように感じられて、どうにも癪《しゃく》だった。ひし形の校章も、子どもの烙印が押されているようで、心底嫌いだった。

「漫画なんてもう描かないって、漫画なんてくだらないって、本当にそんなこと思ってて言ったの？」

教室で友人に語った自分の言葉がいまさら子どもっぽく聞こえて、聞きたくなかった。だから、「しかたないだろ」と突っぱねて、目を伏せた。

「なにがしかたないの」

「しかたないんだって」

「賞が獲れなかったから、そんな卑屈になってるの？」

波の言葉に、凪斗は下唇をきつく噛んだ。以前受賞した児童向けコンクールとは違い、大人と同じ土俵で戦う新人賞で、凪斗の作品は歯牙にもかからなかった。一次選考すら通らなかった。時間を掛けて描いた、自信作だったにもかかわらずだ。

「そんな甘いものじゃないってことくらい、凪斗もわかってたでしょ」

波の言うことはよくわかる。よくわかるからこそ、聞きたくなかった、認めたくなかった。認めてしまえば、「甘くないところを一足飛びで駆けてしまう特別な自分」が、消えてしまう気がした。

「飽きたんだよ、もう」

そんなことしか、言えなかった。

「凪斗は飽きちゃったかもしれないけど、私は凪斗の描く漫画、もっと読みたいよ」

好きだから、凪斗の描く話。

波の顔は真剣で、切実で、擦れた凪斗には受け止め切れないくらいに、純粋だった。

凪斗は背を向けて駆けだした。枯葉の絨毯を踏みしめて、斜め掛けしたショルダーバッグを大きく揺らして、夕日と反対方向に走った。

体温が高いのは、きっと走ったからで、こんなにも悔しいのは、俺のせいじゃない。

凪斗は胸の内で繰り返して、波から遠ざかった。
あのあとどうやって仲直りしたのか、凪斗は覚えていない。もしかしたら、仲直りはしていなかったのかもしれない。たぶん、次の日に波が何事もなく話しかけてくれたのだ。波はそういう性格だ。凪斗がそういう性格であるように。そういう性格であるがゆえに。

放課後の部室は、ずっとそこに居れば体中に霜が生えてしまうくらいに、冷えていた。一月も、もう終盤。春のにおいは、まだしない。

次の春が来れば、凪斗は高校三年生だ。高校入学時にワンサイズ上で買った紺色のブレザーは、今では少し窮屈で、飾りボタンのついた袖は、ペンだこのできた手を隠してはくれない。

その成長を笑ってくれる人も、この部室にはひとりもいない。褒めてくれる人も、怒ってくれる人も、頼ってくれる人もいない。

ひとりぼっちの部屋の中で、凪斗は原稿に目を落とす。

あの日遠ざかってしまった距離を取り戻すように、凪斗はペンを走らせた。

○

「席着けー」

担任の体育教師の声に、あやめはふっと顔を上げた。窓の外では、冷たさをたっぷり含んだ雲が空を抱いていて、太陽の横顔すら窺えない。対角線に滑らせた視線の先にも横顔はなくて、あやめは細く息を吐く。

「紅藤はまぁた欠席か？　最近多いぞ、あいつ」

二月に入ってから凪斗は授業を休みがちになっていた。たまに教室に姿を現したと思っても、その顔は隈に淀んでいて、見るのもつらい。生物の教師なんかは「紅藤くん、休んだら？」とせっかく出席した凪斗に休養を促す始末だ。

「平気っす」

凪斗は決まって、そう答えた。

「困ってることがあったら、言ってね」

と、大人たちもそれ以上は追及しなかった。

今日はそんなやりとりすらない。凪斗はその日、すべての授業を休んだ。

放課後になり、昇降口に降りたあやめは凪斗の下駄箱をそっと確認した。ローファーがある。やっぱり、凪斗は今日も学校には来ている。

あやめは胸がちくりと痛むのを止められなかった。

「あやめー」

遅れて教室を出た級友に「帰るなら、どっか寄り道しない？」と提案され、「ごめん、用事あるんだ」と反射的に断っていた。「えー」と渋る友人に片合掌で謝って、踵を返す。気が付けば、身体は部室棟に向かっていた。

午後から降り出した雨が渡り廊下の端を濡らしている。乾いた部分だけを選んで歩いていると、向こうから同じようにして歩いて来た男子生徒と目が合った。

一年生の頃、出席番号で並んだ時に凪斗とあやめを隔てていた男だ。

「よお、桃倉か」

あやめに気が付いた堀田は、手に持った紙をそっと学生服の陰に隠した。「トレ室に忘れ物しちゃって」と、聞いてもいないのにユニフォームと同じ色の臙脂色のタオルを身体の前でちらつかせる。けれど、あやめの注意はそこに向いていない。

「堀田、部活辞めるの？」

あやめが問うと、堀田の顔はくしゃりと歪んだ。

「おう。受験に集中しようと思ってな。ほら、俺馬鹿だろ。だから、今から勉強しないと大学行けねえんだ」

「でも、今年の夏は？　最後の夏でしょ？　甲子園はどうするの？」

「うちの部は優秀なやつが多いから、俺がいなくても平気だよ」

「……そっか」

そういうことじゃないんだけどな。

あやめはもやっとした気持ちを吐き出さず、肺に留める。

「それより、凪斗のやつ最近元気ないけど大丈夫なのか？」

「……あたしに聞かないでよ」

堀田は太い眉を寄せ、「わるい」と気まずげに坊主頭を掻いた。「別に」とあやめは答えて、これは返事になってないな、と自省する。

「それじゃ、俺、用事あるから」

堀田は濡れた石敷きを踏んで、あやめの横を抜けた。多くの打者を打ち取った自慢の右腕が雨に濡れるのを、彼は厭わなかった。それがどうにも寂しくて、あやめは彼の背中を目で追ってしまう。

「ねえ、堀田」

「なんだ」

「ううん。やっぱ、なんでもない」

「なんだよ、それ」

眉を下げて笑う彼の背中は、もう少し大きかったはずだ。夢が詰まっていたはずだ。その背中に、逃げるの？　なんて言えなかった。今まで県大会でつまづいていた野球部が、関東大会の、それも準々決勝まで勝ち上がった時、校内はお祭り騒ぎで、それまで野球と縁のなかったあやめですらどこか誇らしかった。

夢を見た分だけしぼんでしまった彼の背中に、あやめは不意に、泣きたくなった。


四階に着くと、身体の覚えるままに部室に向かった。手前の手芸部の扉は閉まっていて、中も暗い。奥の漫画部は扉こそ閉まっているものの、部屋には明かりがついていて、人の気配もある。

あやめはドアノブに手を掛けた。ぴんっとした冷たさが掌を刺す。

扉の向こうでは凪斗がひとりで作業をしているのだろう。この静けさの中でたったひとり、幼馴染を喜ばせるために原稿と向き合っているのだろう。このドアノブをひとひねりすれば、それを助けることができる。夕陽すら顔を出さない今日という日に、あやめが「よっ」と顔を出せば、凪斗はどれほど気が楽になるだろう。あやめの存在に感謝するだろう。

もしかしたら、こっちを向いて笑ってくれるかもしれない。

あやめはそこまで考えてから、声を殺して短く笑った。

ドアノブから手を離し、来た道を戻る。

窓ガラスに映る自分の身体は、もうだいぶしぼんでいるように見えた。

○

リノリウムの床が絶えずきゅっきゅっと鳴っていて、院内はいつも忙しない。

萌木萌恵は、もう顔馴染みになった青年に「検査があるから、六時までね」と告げてから、胸ポケットにひっかけたナースウォッチに視線を落とした。

「短くないですか？」

凪斗は壁掛け時計を見ながら、眉に力を込める。

時計の針は午後五時半を示していた。

「決まりだからね」

「そうですか」

「お堅いと思った？」

「まあ、多少は」

「君は素直でいいね。でも、大人はルールを守るものなの。守らないと、ご飯を食べていけないからね」

萌恵は振り返り、「かっこわるいと思ったでしょ」と意地の悪い笑みを浮かべる。

「そんなことないですよ」

「あら、さっきの素直さはどこにいったの？」

波の病室の前まで来て、萌恵はもう一度ナースウォッチに目を落とす。「私は高校生の時、そんな大人をかっこわるいと思ってたけど」と微笑みがちに呟いて、戸を開く。

「短い時間ですが、ごゆっくり」

戸の立てる音に目を覚ました波に軽い調子で手を振り、萌恵は去っていった。

「起こしちゃったか」

「ううん。起こしてくれてありがとう」

後ろ手に扉を閉めると、廊下に響く歩行音がすっと遠ざかって、部屋はふたりぼっちになった。

「体調、どうだ」

「もう、ばっちり」

波は言って、身体に力を込める。電動ベッドのリクライニング機能は使わず、細くなった腕を支えにゆっくりと上半身を起こす。「おい、無理すんなって」と駆け寄る凪斗に「無理じゃないよ」と気丈に笑って、目線の高さを凪斗の胸まで持ってくる。

「凪斗も座って。上から目線は嫌われるよ」

「意味違うだろ、それ」

促されるままベッド脇の椅子に腰を下ろすと、ふたりの視線はようやく水平に交わった。「そんなに見ないでよ」と眉尻を下げる波に、「じゃあ天井でも見とくよ」と凪斗はわざとらしく顎を持ち上げた。

「うわぁ、なんか変態みたい」

「ひどい言い草だな」

凪斗がむっとした表情を下ろすと、波はけらけらと笑った。凪斗はその笑顔が好きだった。けれど、笑顔のままに徐々に衰弱していく様は、底の空いた花瓶に生けられた花のように残酷で、切なくなってくる。

先日容態が悪化してからというもの、頻繁に胸の痛みを訴えている波は、体力が落ちているのか、最近は眠っている時間が随分長い。そのせいか四肢は枯れ枝のように細く、頬もひと目でわかるほどにこけてしまった。大きな瞳が埋まる目元も、肉が落ちて、陰が濃い。

それでも、まだ生きている。凪斗にはその事実がなによりも嬉しかった。

「凪斗は最近、夢とか見る？」

「夢？　夢って、寝てる時に見る方？」

「たぶん、凪斗が思ってる方」

「うーん、どうだろう、あんま見ないかもな。波は？」

「私は見るよ、いつも同じ夢を見る」

「へえ、どんな」

「えっとね、緑色の空に、星が浮かんでて、硬い海を歩くの。足元では花火が咲いてて、宝石みたいな夕焼けが水平線に沈んでいく。それを見て、綺麗だねって笑う夢」

「なんだよ、それ」

「私、記憶力いいからさ」

波は薄くなった唇を持ち上げて笑った。

凪斗は曖昧な笑みを浮かべて、「ばかだな、波は」と零した。

それからふたりは、いつもみたいに話をした。ぽつぽつとゆるやかに、かつて二藍家のリビングでそうしたように、とりとめのない会話を紡いだ。

窓の外は既に暗く、地平線にすら太陽の残り香は感じられない。皺のない白いシーツは眠るには硬そうで、白磁色の天井はどこまでも退屈だ。ここで波は眠っているのだ。ひとりぼっちで、もう何ヶ月も。そう考えると、眩暈《めまい》がした。

「凪斗、どうしたの？」

「……いや、なんでもない」

ふたりの会話の切れ間を繋ぐように、点滴の落ちる音が、ぴちゃんと鳴った。

○

次の日も、また次の日も、部室の前まで行っては肩を落とし、駐輪場に降りるという行為を繰り返していた。そんな自分を客観的に見れば見るほど、あやめは自分のことが嫌になってきて、自分を変えるために再び部室の前に赴いてみる。

やっぱ、無理だ。

踵を返して、廊下を引き返す。不意に視線を左に向けると、手芸部のドアが半開きになっていることに気が付いた。

紡ちゃん？

気になってそっと覗いてみるも、中に人はいない。代わりに、作りかけの宇宙服が脚をくにゃっと曲げて、へたり込んでいた。

ふぅと息を吐いて、覗き込んでいた身体を起こす。地球の重力下じゃ自立もできないなんて、なんだか本格的だな、と錯覚してしまう自分のお気楽さに笑えてくる。

厚みを失った野球部の声をＢＧＭに、本校舎へ延びる渡り廊下を歩く。そこで、あることに気が付いた。

ああ、そうか、紡ちゃんは――。

あやめが部室棟に引き返そうとすると、校舎の中から「あやめー」と呼ぶ声がした。

「まだ帰ってなかったの？」

「うん。そっちは？」

「うちは委員会。ね、一緒に帰ろ」

あやめは部室棟を一瞬振り返って、目を瞑る。それから、「そだね。帰ろっか」と友達の方へ走り寄った。

昇降口で靴を履き替えていると、友人が「あ、そういえば」とローファーを地面に置きながら、声を潜める。

「あやめ、聞いた？」

「なにを？」

「隣のクラスの二藍さんのこと」

「二藍さんが、どうかしたの？」

「あのね、あの子転校するんだって」

「転校？　二藍さんが？」

あやめの身体がびくりと固まる。指先から、ローファーが滑り落ちる。

「そう。なんか親の都合らしいけど」

「……ごめん。初耳」

「そっか。でね、これはうちが言ったんじゃないんだけど、なんかね、ずっと入院したままだし、もう死んじゃうから転校扱いにするんじゃね？　って噂がね――」

「あの子はまだ死なない！」

「ご、ごめん」

「いや……こっちこそ、いきなりごめん」

思わず声を荒らげた自分に驚いた。場を取り繕うためにいつもより高い声で言い訳を綴る友人の顔なんか見もせずに、乱雑に転がる自分のローファーに目を向けた。

友人の言ったことはただの憶測に過ぎない。でも、きっとそうなのだ。それが真実なのだ。認めたくはないが、彼女は、二藍波は、もうすぐいなくなってしまう。

そのことに気が付くと、あやめはいても立ってもいられなくなった。

「あやめ、怒ってる？」

「ううん、怒ってない。でもごめん。行くとこできたから、先帰ってて」

あやめはローファーを拾い上げることもなく、上履きを履き直して図書室へ駆けた。ようやく灯った感情が肺から漏れる息で消えないように気を付けながら、廊下を進んだ。

「汐見！」

開け放った戸の奥に、汐見の姿はない。人文科学コーナーで作業する漫画部員をひとり捕まえて、「汐見は？」と尋ねると「汐見先輩なら、今日は帰りました」と上擦った声が返ってくる。

廊下に戻り、灰色の足場に囲われた部室棟に一瞥をくれてから昇降口に駆け戻る。上履きを下駄箱に放り込み、友人が戻してくれていたローファーを引き抜いて飛び出した。向かう先は駐輪場だ。

外は薄く研がれた冬の空気に満ちていた。うっかり深く息をすると喉が切り刻まれるようで、腹が立つ。澄んだ太陽を見ていると、あまり話したことのない彼女――二藍波の、その整った顔を思い出して、叫びたくなる。

文句を言ってやりたい。ふざけるなって。幼馴染がなんなんだって。あたしの髪の方が綺麗だって。面と向かって言ってやりたい。

でも、今彼女に伝えたいのは、そんなことじゃない。

そんなありきたりな嫉妬じゃない。

一言だけ、言ってやりたい。

凪斗が漫画を完成させるまで死なないでよ、って。

大きな声で、言ってやりたい。

「はあ、よしっ」

あやめは息を整え、自転車のキックスタンドを蹴り上げた。

○

高校に入学して最初の週に部活動紹介があった。運動部の紹介は野球部を筆頭に華やかで、対する文化部は吹奏楽部を除いて、どこか味気ない。そんな文化部の中でも漫画部はとりわけ冴えなくて、漆川浪漫の奇妙な演説も相まってか新入生からの印象は最低だった。けれど、あやめは仮入部期間がはじまって、いの一番に部室棟の四階に向かっていた。中学の頃に仲違いしてしまった友人。彼女と同じ空間に居ればいつか仲直りできるだろうという希望的観測が、あやめに漫画部を選ばせた。

「あの、消しゴム借りてもいい？」

離れた位置に座る友人にどう話しかけるか算段を立てていると、先に自分が隣に座る男の子に声を掛けられた。「あ、どうぞ」と、まだ丈の合わない袖を軽くまくって手渡す。彼は「ありがと。助かる」とだけ言って、ぷいっと顔を逸らしてしまった。

感じ悪。

そう思って彼の顔から視線を滑らせると、手元の紙が視界に飛び込んできた。

「絵、上手いんだね」

思わず、話しかけていた。

「上手くはないよ」

眉間に皺を浮かべたまま、彼は答える。

「でも、コマ割りもなんか本格的。えっと……」

「紅藤。おまえ、同じクラスだろ」

「ごめん、名前覚えるの苦手で……」

「別にいいよ。俺も、得意じゃないし」

肩の合っていないブレザーを正しながら、彼は横目であやめを見た。眉間に寄る皺とは対照的に、瞳はまるで子犬のように初心《うぶ》な色をしていて、あやめはなんだか可笑しくなった。

「紅藤くんってさ」

「なに？」

「かなり漫画好きでしょ」

「好きって言うか、仲直りしたいやつがいて、そいつが漫画好きだから」

「ふぅん。そうなんだ」

あやめは今にして思う。あの瞬間、凪斗に興味を持ったのだと。

不器用な態度と精緻な絵が作る不格好なバランス。誰かとの仲を繋ぐためにペンを握る姿勢。将来に期待して大きめのブレザーを纏う目論見の甘さ。

似ていると、思ったのだ。

結局、凪斗は漫画部に入部しなかったが、二人はそれから教室で話すようになり、気が付けば下の名前で呼び合うようになっていた。

二年近くも前のことだ。今でも似ているとは、冗談でも思えない。

信号待ちの最中、あやめは携帯電話の上で指を滑らせていた。簡単な文章をいくつか紡いで、街中を走る電波に乗せる。

怖気づかずに読んでくれますように。

つい最近まで脚のなかった宇宙服を思い出しながら、祈る。凪斗を除いて、自分以外にも諦めの悪い人間が少なくともひとりいる。それだけで、気持ちは少し軽くなる。

信号が青に変わったのを確認して、思い切りペダルを踏み込んだ。駅前の人混みを軽く躱して、大通りをそのまま進む。しばらくすると中学校が見えてきた。あやめの母校だ。正門の前を素通りして、同じ形の家が建ち並ぶ新興住宅街の中腹まで車輪を滑らせる。

うわぁ、やっぱり気まずいなぁ。

ぶくぶくと泡立つ気持ちを一呼吸のもとに押し込めて、一軒の家の前に自転車を停めた。白いタイルに明朝体で刻まれた「汐見」の姓が窺える。中学生の時に何度か見た表札だ。

横にあるインターホンを押し込み、あやめは風で乱れた髪に手櫛を通した。

『はい』

大人びた声がスピーカーから響いた。

「あの、玲さんの同級生の桃倉です。玲さん、いらっしゃいますか？」

『ああ、桃倉か。ちょっと待ってて』

インターホンの向こうにいるのが本人だと気付き、あやめは顔が熱くなる。

外気が顔色を整えてくれる間もなく、ドアは開いた。

「わざわざ私に会いに来るなんて、やっぱりあんた、おかしいよ」

白いセーターにジーンズ姿で現れた汐見は、声だけでなく外見も大人びていて、あやめは目を背けたくなる。だが、そんなことをしている暇はない。

「部長、どこに居るか知ってる？」

開口一番、そう告げた。

「はあ……？　というか、なんでそれを私に訊くのよ」

「汐見は、もし凪を探すってなったら、まずあたしに訊くでしょ」

「……そうかもね」

「それと一緒」

汐見は切れ長の目を数度またたいてから、観念したような様子で「冷えるから、上がったら」と顎先で促した。

◯

冷蔵庫を開けて飲み物を探す。父親がお風呂上がりに飲む冷えた麦茶と、朝ごはんのお供の低脂肪乳。それと、弟が買い置きしているコーラしかない。

汐見はふぅと肩を落として、戸棚からティーセットを取り出した。

「親、まだ帰ってこないから」

「うん」

母親が百貨店で買ってきた少し高価な茶葉に湯を通しながら、汐見はソファに座るあやめを見た。懐かしい光景だ。とは言っても、あやめが汐見家に来たことは二回ほどしかなく、感慨を覚えるには記憶の厚みはあまりにも薄い。

それでも懐かしい、と汐見は思った。

「たいしたお茶じゃないけど」

汐見はソーサーに乗せたティーカップをローテーブルに置いて、あやめの斜向いに掛けた。若葉色が眩しいL字型のソファ。当時中学生だったあやめが「これ、うちでも色違いの使ってるよ」と言った量販品。あやめは、今でも同じものを使っているのだろうか。汐見はそんなことを考えながら、ティーカップに口を付ける。

「汐見、さっきの話なんだけど」

「せっかく淹れたんだから、まず一口くらいは飲んだら？」

あやめが「ごめん」と紅茶を啜るのを見て、汐見はカップをソーサーの上に戻した。かちゃっと、予期せず鳴った陶器の音に咳払いをひとつ被せて、話の主導権を握る。

「ねえ、桃倉。あんたの質問に答える代わりに、私の質問にも答えて」

「……なに？」

「桃倉はそこまでしてあいつの肩を持って、しんどくないの？」

あやめはきゅっと顔を曇らせてから、顔の前で燻る湯気はそのままに、「しんどいよ、めちゃくちゃ」と自嘲した。

「じゃあ、なんで？」

「あたし、好きなんだよね、凪のこと」

あまりにも明け透けな返答に、汐見は肩透かしを食らった気分だった。あやめの口から次いで「汐見は？　部長のこと好きじゃないの？」という問いがなければ、きっと笑い出していたことだろう。

「私は、どうだろうね」

「なにそれ、フェアじゃない」

あやめは再び紅茶を啜って、抗議の色を瞳に浮かべた。

あの頃と変わらない子どもじみた態度に、汐見は少し意地悪したくなる。

「ねえ、桃倉。高校生で付き合った男女って、最後はどうなると思う？」

「考えたことない」

汐見は「桃倉らしいね」とわざと笑う。

「そりゃもちろんさ、結婚まで続く関係もあるかもしれないし、そういう関係を夢見て付き合う人間もいるんだろうけど、現実は大半が別れるの、一年かそこらで。彼氏と彼女になったらね、十年続くはずだった関係もたった一年程度で終わるの。それって、好きっていう感情の終わりとして正解とは言えないんじゃないかって、私は思ってる。本来十あるはずだったのに、一になっちゃうんだから」

「答えになってないよ」

「なってるでしょ」

汐見はその黒い髪の内側で、いつも考えていた。好きと言う感情は、どこまでいけば正解なのか。告白して受け入れられればそうなのか。デートをすればそうなのか。手を繋げば。キスをすれば。結婚をすれば。妊娠をすれば。でも結局、それらは終わりのリスクを孕んでいる。ただずっと一緒にいる、という安定した状態には勝らない。

「桃倉がどう思うかわからないけど、私はね、私はこの想いを、私自身の思い出作りのために消費したくないの。尊敬する先輩を、青春の記念品みたいに扱ったり、大人になった時の酒の肴《さかな》にしたくないんだよ」

私は、替えの利く恋人より、替えの利かない私でいたいと思ってる。

ねえ、あんたはどうなの。汐見は視線だけで返答を促した。

「汐見っぽいね」

「ばかにしてる？」

「ううん。そんなことない。あたしとは違うなって思っただけ」

「そうだね。あんたはたとえ不正解だったとしても、答えを出す人間だもんね」

汐見の探るような瞳に、あやめはカップを置いて、困ったように笑った。

汐見はその顔を見ていると、呆れて笑いそうになる。

「ねえ、桃倉、もうひとついい？」

らしくないよ、ホント。

「なに？」

「あの時のコンペ、あれ、本当に後悔してないの？」

ティーカップの縁を指でなぞりながら、「私あの時、あんたがコンペに出てても勝つ自信あったよ」とあやめの口元を打ち守る。

「言わなきゃ、だめ？」

「答えてよ。友人のよしみでさ」

あやめの口元がふっと弛んだ。楽しそうに手で髪を梳き、「そうだね。友人のよしみで答えると」と目元だけくしゃりと歪ませる。

「正直、すごい後悔してる」

「へえ、どうして？」

「だって出してたらたぶん、あたしが勝ってたから」

あやめの答えに、汐見は声を上げて笑った。

らしくないなぁ、ホント。

汐見の笑い声に、あやめもつられて笑い出す。互いの手に持ったティーカップが音を立てる。汐見の手はかちゃかちゃと鳴り、あやめの手はちゃぷちゃぷと鳴った。

やっぱり、コーラを出せばよかったかなと考える自分も、らしくなくって、汐見はもう一度、大きく笑った。

揺れる髪に、淡い茜が反射していた。

○

夕陽を吸った河川敷の草花は、空気の冷たさに似合わずふくよかだ。一歩踏み出せば柔らかな感触が靴底を透過して、足の裏をくすぐってくる。堤防下の高水敷は水溜りを残し、足元を湿らす代わりに川の近さを教えてくれる。

彼は考え事をする際、河川敷をむやみに歩く。踏みしめる草の質感に安堵し、思考を妨げない川の音に感謝する。肺に取り込む空気は家の空気よりも甘い気がして、何度も深く息をしてしまう。

そうして、大きなため息をいくつも産み出すのだ。踏みしめた草花に、傍を流れる川面に、胸の内の淀んだ考えを誰にも知られず投棄する。

まるで、夢破れた男みたいじゃないか。

浪漫は緑の斜面に腰掛けて川面を眺めていた。裏起毛のパーカーと着古したジーンズは風を弾かず、時間が経つごとに冷えていく。水溜まりを踏んだスニーカーは既にじんと冷たい。

夢にまで見ていた連載が決まったにもかかわらず、どうにも心は晴れ渡らない。頭に虹がかからない。胸に浮かぶ雲を作るのは、水滴にも似たいくつもの表情だ。それは両親の取り繕った笑顔でも、教師の軽蔑するような視線でも、決してない。

見えるはずのない部室棟に目を向けて、浪漫は舌を打った。

物語には結末が必要だなんて、どの口が言った？

そんなもん、わかりきっている。そうだ、俺だ。俺が言ったんだ。

俺が紅藤に言って、やつは結末をつけようと奔走している。だというのに、俺はそれを見ようともせず、今ここでこうして身勝手に項垂《うなだ》れているんだ。

結局、俺は口だけじゃないか。

浪漫が川面を眺めていると、きぃと車輪の止まる音が後頭部を打った。無意識に振り返る。何度も見た綺麗な赤髪が、濃い茜の中で揺れていた。

「よくここがわかったな」

肩で息をする少女は、浪漫の問いに答えない。代わりに、「部室、まだ灯りついてましたよ」と平坦な声で言ってのける。

「そうか。まだ描いてるやつがいるのか」

「はい。部長から、一言言ってやってください」

「なんて言えばいい。完全下校時刻まで、まだ三十分もあるだろ」

その冗談はすぐに川に呑み込まれ、一時の沈黙が間を作った。

浪漫は頭をひと掻きしてから、はぁと弱い息を漏らす。

「すまんな。手のかかる部長で」

言下に立ち上がり、「失望したか？」と言い添える。

「しないですよ。天才でもない人間に、失望なんて」

「そいつは良かった」

服についた汚れを払いながら浪漫が苦笑する。あやめははっきりとした口調で
「でも、期待はしてます」と続けてみせた。

その声色は真剣なのに、どこか優しさを帯びていた。

いいやつだ、桃倉。おまえは本当に――。

浪漫は気持ちを諫めるように頬を撫で、おもむろにかがみ込む。

「桃倉、先に行け。俺は走りだ。あとから追う」

「わかりました」

あやめがペダルを踏み込んだのを音で確認してから、浪漫はゆっくりと靴紐を結び直した。地平の上で必死に足掻く太陽はまだ熱を持っている。走れば風も起こるだろう。

大丈夫、すぐに乾くさ。

浪漫はぼやけた視界で、そんなことを考えた。

○

燃えるような夕陽が、地平をじりじりと焼いていた。近頃の天気が悪かったのか、はたまたずっと机に視線を垂らしたままだったからか、部室の窓から夕陽を見るのは久しぶりな気がして、凪斗は暫しそれを眺めていた。

昔描いた漫画に、こんな夕焼けのカットがあった。あれはたしか、小学六年生の時に描いたものだ。彼女がやたらとその絵を褒めるものだから、幼い自分はなんだか気恥ずかしくて、「これは絵だから、結局嘘なんだ」とぶっきらぼうに返したはずだ。

そして、彼女は——……。

あれ、波はそれに、なんて返したんだっけ。

頬杖をついたまま息を吐くと、インクのにおいが血に溶けた。今朝たくさん吸ってしまった、消毒された病院の空気が希釈されるような気がして、凪斗はもう一度、鼻から深く息をした。

今朝、学校をずる休みして行ったお見舞いは不発に終わっていた。空《むな》しいことに、ここ最近ではめずらしいことでもない。波の体調は日に日に悪化している。面会謝絶の札も、もう見慣れてしまった。

慣れたところで波に会えないで帰るのはどうにも癪で、売店で買ったオレンジジュースを片手に、待合室のソファでぼうっと時間を潰すのが凪斗の日課になっていた。

あとたった数ページなのに。そればかり考えた。

時間を掛けてオレンジジュースを飲み干し、重い腰を持ち上げる。すると、廊下の向こうから萌恵と、波の両親が現れた。

波の父親を見るのは、かなり久しぶりだ。凪斗はぎこちない所作で「こんちは」と頭を下げた。波の父親は凪斗を覚えていたようで、「凪斗くんかい？　大きくなったね」とやつれた相好を崩して応えた。

だって、波と同い年ですよ、俺。思ってもそれは口にしなかった。

これから仕事だと言う波の父親は、穏やかな口調で凪斗と二言三言交わした後、「それじゃあ、僕は車を回してくるから」と言い、肩を揺らして去っていった。その背は随分とくたびれて見えた。

「凪斗くん、ちゃんと学校行ってるの？」

波の母親が心配そうに尋ねてくる。

「まあ、ぼちぼちです」

「だめよ、行かなきゃ。今年から受験生なんだから」

凪斗は気まずげに頭を掻いた。波の母親は、それに気が付いているのか、いないのか「それと、波ね」とさほど大事でもないように言葉を続ける。

「この春に、転校することにしてもらったから」

「え……？」

「本当に転校するわけじゃないのよ。でも、その方が都合がいいから——」

「いや、でも……」

凪斗の視線に、波の母親は陰の濃くなった目元を歪める。

「私だって、嘘を吐いてもいいでしょう？」

その言葉に凪斗は何も言うことができなかった。会話の転換点を求めて視線を滑らせると、横に立つ萌恵と目が合った。

まだ、完成しないの。

そう言われている気がして、凪斗は咄嗟に駆けだした。

病院を飛び出して向かった先は、やっぱり部室だった。家に帰るとか、あてもなく歩くとか、そんなことは頭の隅にもよぎらなかった。

漫画を完成させなければいけない。義務感が見えない糸になって、凪斗の身体をこの部屋へ引き寄せた。しかし、作業は遅々として進まない。義務が生み出す絵には、芯がなく、張りもない。渇いた脳から出るアイディアは貧相で、それを膨らませてくれる友もいない。

泣きたくなった。こんなこと、はじめなければ良かったとすら思った。

どこまで自分は愚かなんだろう。勝手に期待して、勝手に絶望して、勝手に泣いて。いつもそうだ。幼い頃から自分の愚かさを認める覚悟もないままに行動して、結果周囲を傷付ける。いない方がいいのだ、こんなやつ。いなかった方が、よかったのだ。

凪斗が顔を押さえて嗚咽していると、凍った空気を崩すように、こんこん、とノックの音がした。身体に纏わりついていた震えはばらばらと剝げ落ちて、曲がった背骨が起き上がる。

「入るね」

少し鼻にかかった、くすぐったい声。

凪斗が喉を整える間に入ってきたのは、二人。あやめの細い肩の向こうに、大きな身体がはみ出している。

「すまなかった」

浪漫は入ってくるなり、そう言った。凪斗は愛想笑いを貼り付けて、「なんですか、急に」と場を濁す。

「先輩、連載の準備あるんじゃないんですか？」

「ああ、ある」

「だったら――」

「一緒だったんだ」

浪漫の声が、凪斗の愛想笑いを引き剝がす。

「今しかないのは、おまえも一緒だったのに。おまえは既に、他人の人生を背負っていたのに。俺はあんな捨て台詞を吐いて、途中で投げ出してしまった。本当に卑怯者だ。ここにだって、桃倉の助けがなければ来られなかった」

「あやめに……？」

あやめはそっぽを向いたまま、凪斗に視線を返さない。

「俺は卑怯だ。だからこの際、はっきり言う。俺は入院中の彼女と面識もなければ、思い入れも、もちろんない。一度逃げたし、連載が大事なことには変わりない。でも、それでも俺はおまえを手伝いたいと思っている。これには俺のエゴも私情も含まれていて、だから、軽蔑してくれていい。ただ、俺に紅藤を、紅藤の描く物語の手伝いをさせてほしい」

浪漫が深く頭を下げていた。

その姿を見ても、不思議と凪斗の心までは動かない。

「いえ、そんな、いまさら巻き込めないですよ」

「いまさらってなに。バカにしないでよ」

凪斗の乾いた苦笑に、あやめは尖った声を漏らした。

つかつかと音を鳴らして歩み寄り、机を叩く。

「たしかにあたしたちは一度逃げたよ。凪をひとりにして。薄情者だよ、卑怯者だよ。でも、またここに来た意味だって、考えてくれてもいいじゃん。それくらい、少し考えたらわかるじゃん。そもそもひとりだったらなんもできなかったくせに、散々頼って、一度離れたらもう要りません？　ふざけないでよ。悲劇の主人公気取りなんて凪には似合わないから、いつもみたいに無茶言ってよ。覚悟なんてなくていい。振り回してくれていい。都合よく使うなら、最後まで都合よく使ってよ。中途半端な情けなんて、かけないでよ」

言いながら、あやめは目に涙を浮かべていた。

「なんで凪はいつもそうやって、自分しかいないみたいな顔して、大人ぶって、かっこつけて。凪、二藍さんのこと好きなんでしょ。だったら、脇目を振らないでよ。好きな人のためだったら、わがままになりなよ。なんで、そんな簡単なことができないの……」

「あやめ……」

あやめが目尻を拭うと、廊下から音がした。がたんっと何かが倒れる音だ。

浪漫が慌てて扉を開く。廊下には、小さな宇宙飛行士が倒れていた。のそのそと起き上がる小柄な飛行士にあやめが駆け寄り、「大丈夫？」と肩を貸した。

「私も」

ヘルメットの中から掠れた声が漏れる。

「私も、波先輩を、笑わせたいです」

声の主は嗚咽を挟み、立ち上がった。

外されたヘルメットの向こうでは、紡がぼろぼろと泣いていた。

「キーホルダーでも、クッションでもなんでも作ります。おしゃべりも苦手だし、友達もいないし、なにもできないですけど、手先だけは器用なんです」

ぐしゃぐしゃに濡れた顔で立ち尽くす紡。彼女の乱れた髪を撫で付けながら、あやめが柔らかい声をかける。

「紡ちゃん、来てくれてありがとね。ほら、そこ冷たいから、中に入ろ」

あやめがそっと背中をさすると、紡は「冷たい人間でごめんなさいぃ」と膝立ちになり、さらに泣いた。

「誰もそんなこと言ってないから、ね」

あやめが慌ててハンカチを手渡す。浪漫は床に落ちたヘルメットを拾い上げ、

「よくできてるな」と感心している。

散らばっていた部室の空気が、ゆっくり溶けていた。それは歪《いびつ》で、まだらな匂いをしていたけれど、嘘みたいに温かかった。

そこでようやく、凪斗は思い出す。

ああ、そうだ。彼女はあの絵を、嘘みたいに綺麗な嘘だと言ったのだ。

○

あの日は泣いている紡をあやしていたら、完全下校時刻を迎えてしまった。それに腹を立てる者もいない。どちらかと言えば、「泣き虫でごめんなさいぃ」と泣きじゃくる紡の存在に、正直みんな救われていた。

あの空気の中で作業など、湿っぽくてできたものではない。

「紙の原稿は湿気に弱いから、一度乾かそう」

以前みたいに大笑する浪漫の提案で、明日の朝集合することを約束し、各々帰

路に就くことになった。

私服の浪漫は「教師に見つかるとまずい」といの一番に部室を飛び出し、そのまま走って帰っていった。凪斗は、同じくバス通学の紡と同じバスに乗るはずだったのだが、どうにも気まずく、バス停までの短い距離をわざとゆっくり歩いていた。

さてどうしたものかと考えていると、きぃっとブレーキの鳴る音が真横に止まった。

「後ろ乗ってく？」

目に赤みを残すあやめの助け舟に、凪斗は思わず苦笑する。

「あやめのチャリ、荷台ないじゃん」

「…………」

ライトパープルのクロスバイクは街灯の光を受けて、どこか黒っぽい。それを押すあやめの髪の毛も黒く滲んでいて、らしくない。隣を歩く凪斗の髪はいつもみたいに真っ黒で、横目に映るその顔はやはりそこまで格好良くはない、とあやめは思う。

「夜の河川敷って、なんか不気味だよな」

ぼけっとした声で、凪斗が言った。

「そう？　そんなことなくない？」

「なんか、出そうな雰囲気というか」

「たとえば？」

「白い服着て、びしょ濡れの幽霊とか」

「こんなに寒いのに、びしょ濡れなの？」

「そう。そんで、上着貸してくれる人をずっと待ってんの、ひとりで」

「根性ありすぎでしょ、その幽霊」

互いに目を合わせないで、ふっと笑った。

さらさらと流れる川の音が、心の柔い部分をくすぐってくる。嬉しいような、哀しいような、名前のわからない感情が沸き立ってくる。あやめは、だから空を見た。ずっとこの世界を見下ろしている景色の中に、答えがないかと探ってみる。

風が吹く。髪は後ろに流れて行って、冷めた頬が剝き出しになる。露わになった素顔に「あやめ」と声がかかった。涙の痕は学校を出る前にトイレで消したから、たぶんこのままでも大丈夫。あやめは隣にいる男の子に、「なに」と素っ気なく返してみた。

「いつも、ありがとな」

あやめは夜を吸った自分の髪に手櫛を通して、頬に垂らした。

「いまさらでしょ」

言うなり、自転車に飛び乗った。ペダルに体重を乗せると、いつもみたいに自転車は応えてくれた。後ろに流れていく景色から、「おい、ちょっと待てよ」と彼の声が聞こえてくる。

待たないよ。

心の中で呟いて、前を見る。

遠くに見える駅前は、大人びた輝きを放っている。あの光にあたしが先に飛び込めば、彼も少しは後悔するだろうか。

乾いた頬を過ぎゆく夜風の心地よさに、まださよならを言えないこの感情に、そんなことを考えた。

○

夜が明け、土曜日。バスを降りた紡は浮かない表情をしていた。昨日あんなに泣きじゃくって、どんな顔をしたらいいのか。それがわからなくて、項垂れていた。

坂になっている正門を抜け、そのまま視線を垂らして歩く。憂鬱《ゆううつ》に沈んだ瞳が、いつもと違う地面の様子を捉えた。

グラウンドの端に霜柱が立っている。こんもりと土を押し上げ、太陽を浴びている。紡は舗装された通路から一歩逸れ、そっと踏んでみた。しゃくっと小気味いい音が鳴って、地面がぽこりと凹んだ。なんだか面白くって、紡は浮かない表情のまま、ぽこぽこと足を動かした。しゃくしゃく、しゃくしゃくと音が鳴る。

「なにやってんの」

背後から声がした。声の主は自転車のキックスタンドを蹴り下ろし、近寄ってくる。すぐに「あ、霜柱」と嬉しそうに顔を弛めた。

「あたし、霜柱踏むの好きなんだよね。紡ちゃんも？」

「はい。小さい頃から、好きです」

「同じだねー」

紡は鼻にかかった彼女の声が、苦手なものばかりの学校の中で、一番ではないけれど、特別に好きだった。

透明で、綺麗で、芯があって、たまに儚げな音を響かせる、あやめの声。

霜柱みたいなその声に、紡は気付けば笑っていた。


「早いな、桃倉、白井」

ワイシャツの袖を捲り原稿に向かう浪漫は、「集合時間も守れないのか」と大袈裟に椅子を漕いだ。そんな彼の態度に、「前に倒れる分にはいいじゃないですか」と誰よりも早く来ていた凪斗も、薄っすら笑う。

再結集したはいいものの、波の体調を考えれば時間が足りないことには変わりない。浪漫をはじめ、誰もがそれに気付いていた。それゆえに八時半集合を守るものはおらず、四人全員が自然と八時前に揃っていた。

それぞれがいつもの席に着き、作業を進めた。カバーデザインの清書。単行本にかける帯のデザイン、カラーの選定。これらが終われば、次は原稿のデジタル化、印刷、カラー印刷箇所の色校、製本、最後にシュリンク包装。原稿作業以外にも、まだやるべきことは多く残っている。

「うん。これは厳しいな」

昼前になり、浪漫が呟いた。誰もが口に出さずにいたことを唐突に吐き出すものだから、三人は面食らってしまう。

「他の作業はまあ力技でどうにかするとして、各工程のデジタル処理がどうしても間に合わん。そうだろう、桃倉」

「はい、まあ……正直なところ、そうですね」

浪漫は「うむ」と頷き、無骨な表情のまま椅子をくるりと一回転させた。

それからおもむろに立ち上がり、廊下へ向かう。

「電話を掛けてくる。少し待ってろ」

ばたんと音を立て、ドアが閉まる。取り残された三人はぽかんとした表情をしばしぶらさげつつも、各自の作業へと静かに戻った。

十分ほどして再びドアが音を立てた。「待たせたな」と片手を挙げる浪漫に、あやめが「ノックしてくださいよ」と口を尖らせる。

「固いこと言うな。信頼できる仲間を連れてきたというのに」

肩を竦める浪漫の背後には、誰もいない。無論、廊下にも人の気配はなく、ひっそりと静まり返っている。訝しむ三人を前に、浪漫はノートパソコンを取り出した。「教師に言うなよ」と言い添えてから、電源プラグを部室のコンセントにぐっと挿し込む。

「なんですか、それ」

「パソコンだ。見たらわかるだろう」

「いや、そうじゃなくて」

「時に紅藤、おまえ、コミケで落とし物をしただろう」

「え、落とし物ですか?」

「ああ、作戦の痕跡は残すなとあれほど言ったのに。まったく、おまえときたら」

状況を呑み込めない凪斗を流し見て、浪漫はデスクトップ画面にある青いアイコンを二回叩く。「あれから問い合わせが来て大変だったんだぞ」と語る口の端は上向きだ。

軽快な発信音が数秒鳴って、画面が一瞬、暗転した。

『あ、もしもし、聞こえる?』

再び明かりの灯った画面から声がした。

「おう、聞こえてるぞ。ほら、おまえたちも挨拶しろ」

浪漫に促され、三人は画面をのぞき込む。『やあ、久しぶり』と手を振る男は、暗い室内にもかかわらず黒いハットを被っていた。

「誰、ですか……？」

渋い声を出すあやめ。紡もそっと、首を上下に揺らした。

『ひどいなぁ！　僕だよ、僕。コミケで会ったでしょ？』

男が慌ててNASAの帽子をかぶると、三人は「あっ」と同時に声を漏らした。

『ひどいよ、あんなことしておいて……』

「ぐちぐち言うな。将軍の名が泣くぞ。それよりも、作業の進捗状況に関して――」

「ちょ、ちょっと待ってください」

凪斗は手を伸ばし、浪漫の言葉の先を制した。

「この作戦は口外しないって約束じゃないですか」

「紅藤、たしかにそういう約束をした。だがな、幸か不幸か、この男はもう知っているんだよ」

ふたりの会話の間であやめが気まずそうに肩を竦める。

浪漫が「将軍」と呼びかけると、ひょろ長の男は『手を伸ばせ！』のキャラクターが表紙を飾る冊子を一部、画面外から取り出した。

凪斗たちの口から、再び「あっ」と声が漏れる。

『君たちが去った後に見つけてね。思わず拾っちゃったんだ。いや、これ、すごいね。こんなに魂のこもった二次創作、久しぶりに見たよ』

「三人とも、安心していい。こいつは深い事情までは知らない。今後話すつもりもない。あくまで単行本を作る手伝いをしてもらうだけだ」

探るような浪漫の視線に、凪斗は唾をのみ下す。

「その、たとえば手伝ってもらうとして、将軍さんは、それでいいんですか」

『もちろんだよ。実はぼくも『手を伸ばせ！』のファンでね、悔しかったんだ。だってそうだろう。作品に罪はないのに打ち切られるなんて、あんまりだ』

「そう、ですか……」

迷いを滲ませる凪斗に、画面の向こうの将軍は意を決したようにゆるい笑顔を脱ぎ捨てた。細い表情をきゅっと引き締め、本音を喉へと送り出す。

『実を言うとね、これはぼくの復讐でもあるんだよ』

「復讐……？」

『うん。実はぼくも昔、商業漫画家だったんだ。でも芽が出なくて、まあ、結局今の有様なんだけど。その、ぼくが漫画家を辞めたのはね、『手を伸ばせ！』を読んだからなんだ。簡単に言えば、身の程を知っちゃったというか、うん、そうだな、ああ、こんな漫画を描くやつがいるのかと、自分なんかとは違うな、輝いてるなって、なんかそういうのがわかっちゃったんだ。それがさ、それがなんだよ、あのざまは。ぼくに夢を捨てさせた漫画が、今では世間でいいように叩かれ、蔑まれてる。そんなの、悔しいじゃないか』

彼は拳を握り、語気を強める。

『君たちだけじゃない。あの漫画をこのまま終わらせたくないのは、君たちだけじゃないんだ。だってそうだろう。このまま終わらせてしまったら、ぼくは自分が諦めた人生になんて言えばいい。どうせ頑張っても僕は売れっ子の漫画家にはなれなかったかもしれない、けどあの時、ぼくはたしかに、大切にしてた夢を彼に、あの漫画に託したんだ。彼はそんなの知らないと言うかもしれない。よくある話だと、凡人の戯言《ざれごと》だと嗤うかもしれない。でも、このままじゃ、なんで諦めたのか、わからなくなるじゃないか』

画面越しに伝わる彼の覚悟が、四人の息を止めた。

彼の言葉が放つ熱や匂いに自分と似たものを感じて、凪斗の胸は苦しく、熱くなる。

『無理は言わない。でも、ぼくにも手伝わせてほしい。デジタル処理は得意だし、印刷もぼくのツテを使ってうまくやる自信がある。あの漫画を傑作のまま終わらせるためなら、最大限の努力をするよ』

「そういうわけだ。どうする、紅藤」

ふっと静まる空気が、凪斗に昨日のあやめの言葉を思い出させる。いまさら尻込みをする理由なんてない。凪斗は喉に力を込め、「お願いします」と脇目もふらず、頭を下げた。

「よっしゃ！　ならばあとはやるだけだ！　なにがなんでも、完成させるぞ！」

浪漫がぱんっと景気よく手を叩いた。「おー！」と声が上がり、部屋の隅に溜まっていた静寂が逃げ出していく。

窓の外は青い絵の具をかき混ぜたみたいな色をしていた。その中心で輝く白い太陽は日暈《ひかさ》を纏っていて、何者も寄せ付けない、それでいて触れてみたくなる神々しさを醸《かも》している。

綺麗な空だ。あやめは見上げて、そう思う。

今日の空はまるで、彼女みたいな空だ。

「桃倉、早速手持ちのデータを将軍に送っておいてくれ」

「はーい」

グラウンドの霜柱は、もうぐっしょりと解けていた。

○

二月から三月へ、冬から春へ。季節を越える準備に校内は慌ただしい。ばたばたと歩き回る教師が埃を舞い上げ、射し込む陽は手に取るように見える。空気は先週よりも膨張していて、ずんぐりと暖かい。

忙しない教師たちを尻目に、生徒たちは眠気に抗いながら期末試験の対策に勤しんでいる。授業中に堂々と寝ているのは、この学校では三人くらいだ。

紅藤、桃倉、白井。教師がこの三人の名を口にした場合、次に続くのは「起きろ」という呆れ声が定番になっていた。紅藤、桃倉は「またか」という具合に半ば諦められていたが、物静かながらも素行の良かった紡の変貌ぶりには、教師のみならず、同級生らも驚いていた。

「白井さんて、案外やんちゃだったりする？」

授業中、隠れて装丁案の最終調整をしていた紡に、隣席の少女が愉快げに話しかけてきた。寝不足の紡は目を擦りながら、「法律には抵触してないです、たぶん」と答えてから、咄嗟に「あ、違います」と言い直した。

「なにが違うの？」

「えっと……法律には抵触してないです、絶対」

「白井さんて、結構おもろいね」

隣の席の少女はけらけらと笑った。それから彼女は、紡が授業中に当てられた際にはそれとなく肩を揺すり、それとなく答えを教えてくれた。紡はそんな時、「ありがとう」としか言えなくて、もどかしい気持ちになる。小さな声で、たったの五文字だけだ。彼女はそれでも笑ってくれたが、いつかはちゃんと名前を呼んで、しっかり感謝を伝えたい。紡は心に決めていた。

放課後の早い時間に、紡はあやめと共にバスに揺られていた。最終話の原稿作業も終盤に差し掛かり、ようやく手の空いたふたりは揃って画材とおやつの調達に行くことにしたのだ。

「あやめ先輩って、自転車通学ですよね？」

「ん？　そだよ」

「ごめんなさい。私がバスだから……」

「なんで謝るのよ。いいのいいの。たまにはバスも乗っておかないと」

あやめは窓枠に肘を乗せ、「卒業したら、このバスに乗ることもなくなるんだから」と笑いながら外を見た。「まあ、まだ一年あるけど」と、泣き虫な彼女への配慮も忘れずに。

紡は安心したように微笑むと、真似るように車窓を眺めた。彼女にとってはとりたてて目新しさのない、いつもの風景が流れている。灰色のビル。茶色い屋根の家。背の高い街路樹。銀色の軽自動車。大きなトラック。横断歩道。自転車を漕ぐ小学生。寄り道をしたコンビニ。

自分が好きになったものは不変であればいいのにと、紡は思う。そんなことはありえないのに、どうしても考えてしまう。それならば、どれほど幸せだろうかと。

停車ブザーが鳴る。バスがゆっくりと動きを止める。「さ、降りようか」とあやめが笑う。こんな些細な空間すら変わっていくというのに。どうしても、願ってしまう。

トーツーモールに着くと、ふたりはまず三階の文房具店へ向かった。二リットルのコーラやチョコレート、かさむスナック菓子は最後でいい。店先の手帳コーナーを抜けて、画材コーナーにたどり着いた。

浪漫はこだわりが強いから、間違ったものを買っていったらまた来るはめになってしまう。ふたりは買い出しメモとにらめっこしながら、必要なものを揃えていった。

「あれ、これ品切れかなぁ」

「どうしましょう」

「うーん、でもあの人のことだから、これ以外は使わん！　って駄々こねそうだよね」

「ですねぇ……」

「あの、なにかお探しですか？」

横から声をかけてきたのは、中肉中背の男性店員だった。無精ひげもなくこざっぱりとしているが、接客用の笑顔にはわずかにぎこちなさが残る。あやめはそんな彼に頼りなさを覚えながらも、「あの、この商品を探しているんですけど」とメモに記した商品名を指し示した。

「ああ、これですか、これなら奥にありますよ。出してきますから、少々お待ちくだ――」

そこまで言いかけて、店員は急に声を失った。彼の視線は一点で結ばれ、瞳は不可解な黒さに沈んでいる。不審に思ったあやめは――彼の焦点が合っているであろう場所――スクールバッグに付けたキーホルダーを指さした。

「これは、あの、漫画のキーホルダーなんですけど……」

「はい、知ってます。よく知ってます。けどその漫画は、もう……」

「あ、はい。なので作ったんです、自分たちで」

「作った……？」

「はい。この漫画が好きな人たちで集まって作ったんです。ね、紡ちゃん」

「えっと、はい。そうです。同人活動といいますか……」

「そうそう。そんな感じです」

「でも、その作者は一度捕まってて……」

店員の言葉に、あやめはむっと眉根を寄せた。

「まあ、そうなんですけど。でも、あたしたちにとってそんなこと関係なくて、この作品が好きだから、この作品じゃなきゃダメだから、こうして自分たちでいろいろ作ってるんです。だよね、紡ちゃん」

再び話を振られた紡は「はい」と頷き、それからはっきりとした声で、こう告げたのだ。

「この漫画は、傑作なんです」

店員は「そうですか」と目を伏せて、バックヤードに下がった。少しして指定の商品を持ってくると、「レジはあちらです」と一言だけ言って、顔を伏せたまま、再びバックヤードへ下がっていった。

店を出たふたりは、エスカレーターを下って食品売り場に向かっていた。会話の内容は、もちろん先ほどの一件。奇妙で卑屈な店員についてだった。

「あやめ先輩、あの、さっき、作ったって言っちゃってよかったんですか？」

「うーん、まあ、あれでどこかに通報されるとかはないでしょ。それよりもあの人が『手を伸ば』オタクでさ、そのグッズ、どこで買えるんですかって詰め寄ってきた方が嫌だったしね」

「たしかに、そうかもですね」

「そうそう、いるからね、そういう熱心なファンは。——というかさ、お菓子、なに買おうか。部長は煎餅《せんべい》がいいとか言ってたけど、なに煎餅がいいんだろ。あの人、好きな味とか言わなかったよね？」

「そうですねぇ」

「ほんっとにあの人は。そうだ、紡ちゃんの食べたいやつにしちゃおうか。それでさ、文句を言って来たら紡ちゃんがバシッと一言——……」

◯

三月三日、金曜日。鋭い春風が窓を叩き、校舎全体がガタガタと揺れている。中でも一層揺れている部屋があった。部室棟四階の最北端、漫画部の部室だ。

「かんせーい！」

あやめが諸手を上げて歓呼の声をあげた。彼女の後ろでは凪斗が泥のように椅子から崩れ落ち、紡は慎ましやかに拍手している。浪漫は声にならない雄叫びを上げていて、臨時参加の将軍は画面の向こうで何度も頷いていた。

漫画『手を伸ばせ！』、存在しないはずの最終第二十四巻。

その原稿が、今まさに完成したのだ。

「で、できたぁ……」

ほとんど床に落ちている凪斗が、情けない声を上げた。

「紅藤ぃ！　なぁにしみったれたこと言ってる！　まだ製本が残ってるだろうが！」

「でも、部長さんも嬉しそうです」

「なぁに言ってんだ白井ぃ！　嬉しいに決まってるだろう！」

「部長、紡ちゃんに絡まないのっ。そうだ、将軍さん。印刷のスケジュールって、どんな感じになりますか？」

熱の抜けきらぬあやめのまっすぐな瞳に、将軍は視線を右上に逃がしながら『そうだなぁ』と髭のないあごをさすり上げた。

『入稿データを印刷してロマンくんに渡すまで、最低でも一週間……いや、四日でやるよ。卒業式の前には仕上げたいもんね』

「なにからなにまで、ありがとうございます」

あやめが頭を下げると、紡も続けて頭を下げた。将軍の顔が熱された飴のようにだらりと弛む。凪斗も後方でしっかりとお辞儀していたのだが、桃色にくすんだ将軍の瞳には、残念ながらほとんど映っていない。

「将軍、俺からも感謝を――」

『だから、君からは要らないって』

足蹴にされた浪漫は「この破廉恥漢が」と鼻を鳴らし、背を向けた。

「世話をかけたな、将軍」

『いいよ、照れ臭い。それにロマンくんに恩を売っておけばあとで得をしそうだ』

ふふふ、と低い笑いがふたつ漏れ出して、部屋の中がしんみり曇る。

画面越しに湿った空気を感じた将軍は、『さて』と手を合わせた。

『改めて、お疲れ様。途中参加の僕が言うのもなんだけど、よく完成させたね。すごいよ、本当に……。それじゃあ、去り際が分からなくなりそうだから、僕はもう切るね』

「将軍さん、本当にありがとうございました」

『いいっていいって。久しぶりに創作の楽しさを思い出させてくれて、こちらこそ、ありがとうね。では――』

みんな、お元気で。その言葉を最後に通話が切れると、室内に残っていた昴りはゆるやかに霧散した。窓の外の夜が染み込んできたみたいに場は静まり返る。

たぶん、彼と会うことは、この先もうないんだろうな。凪斗は一息挟んで、理解していた。会おうと思えば会えるけど、自分たちはそんなに器用じゃない。この部屋のメンバーとも――あやめとはわからないが――高校を卒業したら、顔を合わせないことだって充分考えられる。

集まればきっとこの日々の話に、波の話になる。それがどれだけつらいことか、みんな経験せずとも知っている。

「じゃあ、俺も寄るとこあるんで、先に帰りますね」

凪斗はスクールバッグを担いで、浪漫に言った。

「あ、ごはんならあたしも行く」

「いや、めしじゃない」

「じゃあ、どこ行くの？」

「文房具店」

じっとりと翳る心に蓋をするように、凪斗は努めて明るい声を発した。「今から？　もう七時だよ」と怪訝さを浮かべるあやめに、ぎこちない笑みを向けて続ける。

「今から行けばギリギリ間に合うんだよ」

「紅藤、なにしに行くんだ。画材はもう足りてるぞ」

「ちょっと、撮影交渉に」

「撮影交渉？」

コミケで使った一眼レフカメラをスクールバッグに詰めて、凪斗はそそくさと部室を後にした。

冷えた廊下を少し歩いたところで、背中にぽてん、と紡の声がぶつかった。

「凪斗先輩」

「どうした？」

「明日でいいので、その、私のことも撮ってくれますか？」

突然のことに面食らったが、凪斗は「もちろん」とはっきり頷いた。

返ってきたのは、あどけない笑顔だった。波の前ではいつも見せていたであろうその笑顔を、凪斗はようやく見ることができた。

○

三月九日、木曜日。澄んだ空を吹き渡る朝風に、緑の匂いが乗っている。なめらかな陽の光は窓を透過しても濁らない。桜の蕾《つぼみ》はぷっくりと膨らんでいて、あと少しで弾けてしまいそうだ。

「これで、本当の完成だ」

紡が実家の倉庫から運んで来た小型のシュリンク包装機が、ぶぅんと低い音を奏でている。ぱっくりと開かれた開口部は熱を帯び、包装する単行本を今か今かと待ち構えている。

「いくぞ」

熱収縮フィルムを纏った単行本が包装機に呑み込まれていく。内部でくるくると回るローラーの上を滑り、熱せられていく。

数秒の後に出てきた単行本には、書店で売っているのと変わらぬ包装が施されていた。透明のフィルムはきっちりと表紙を守り、光をわずかにはね返す。フィルムの内では文字や数字が躍っていた。『手を伸ばせ！』の題字、二十四の巻数表示、下半分を占める帯には「傑作、堂々完結！」と記されている。

「で、できた……」

凪斗が言って、周囲を見渡した。喜びは沸点を越え、みな何を発していいかわからず戸惑っている。紡は付けたばかりのフィルムが破けていないか必要以上に観察し、あやめはそれぞれの顔を見て何か言おうとしては口を噤む。浪漫だけは「うん、いい。実にいい」と噛み締めるように繰り返していたが、それ以外の言葉は出てこない。

「できたぞ、みんな！」

凪斗はたまらず声を上げ、まぬけな表情で諸手を挙げた。その勢いに、みんなもつられて手を挙げる。

言葉もなく両手を挙げている状況に、最初にぷっと吹き出したのはあやめで、そこからみんな我を忘れたようにはしゃぎはじめた。

「あやめ、おまえのカバーイラスト、ほんと天才だよ！」

「凪斗の脚本見て浮かんだんだよ！　あたしひとりじゃ浮かばなかった！　絶対浮かばなかった！　というか、内容の完成度も高いよね、これ⁉」

「そりゃおまえ、浪漫先輩が描いたんだから当然だろ！」

「いや、嬉しいが、まず目につくのは表紙だからな。ここまでの完成度に持ってこられたのは、明確におまえらのおかげだ。イラストもそうだが、帯が絶妙で素晴らしい。カバーイラストを邪魔せず、存在感もある。白井、おまえはセンスがあるとよく言われるだろう」

「最近はよく、言われます」

えへへ、と恥じらう紡の肩をあやめが抱き寄せる。そっと頬が寄り、温かな体温が混ざり合う。紡はもう一度、えへへと笑った。

「あとは病室に届ければ、作戦は完了だな」

浪漫がぽつりと零した言葉に、三人はぐっと現実に引き戻された。弛んでいた顔がきゅっと締まり、喉が鳴る。凪斗は唇を軽く湿らせると、浪漫に向かって頭を下げた。

「先輩、卒業式の前日までありがとうございました」

「かまわん。たいしたことはしていないしな」

浪漫は凪斗の肩を叩き、面を上げさせた。

「おまえがはじめて、おまえが結末をつけたんだ。俺たちは基本的に手伝いしかしていない、いわばアシスタントだ。この漫画の作者は紛れもなくおまえだよ、紅藤」

紡もあやめも頷いた。凪斗はさらに深くお辞儀し、「本当に、ありがとうございました」と湿った声を絞り出す。

春風が窓を鳴らした。かたかた、かたかたと音が生まれて、部屋の熱気は剝がれていく。

本当に、もう終わるんだ。

あやめの腕の中で、紡がすんっと鼻を鳴らした。首に巻かれたあやめの袖をきゅっと握って、窓を見ている。射し込む光に彼女の猫っ毛がちらちらと輝いて、あやめは無意識に手櫛を通していた。

「髪、伸びたね。紡ちゃん」

柔らかな指の感触に紡は微笑んだ。首元に流れるあやめのにおいと体温が、泣き出しそうな心を落ち着かせてくれる。

本当に、もう終わるのだ。

各々がそれを理解したところで予鈴が鳴った。ウェストミンスターの鐘が部室棟にもキンコンと響き渡り、四人はこのあとの予定を思い出す。

「今から教室に戻るのもなんだし、このままリハーサル行きますか」

あやめはぱっと紡から離れ、ドア脇に掛けてあった鍵を手に取った。「そうだな」と浪漫が深く頷くと、凪斗も紡も小さな声で同意を示した。

「一番乗りかもね」

全員が部室を出ると、あやめは笑いながら鍵を挿し込んだ。教師に取り上げられぬよう、室内に大事に置いてある『手を伸ばせ！』の単行本をそっと覗き見てから施錠する。みんなのスクールバッグもそのままだが、構わないだろうと思った。

卒業式のリハーサルが行われる体育館まで、部室棟からは専用の渡り廊下を歩けばすぐに着く。対して、本校舎から体育館に向かう場合は、一度部室棟を経由しないとたどり着けない。今から向かえば、教室でホームルームを済ませてから来る生徒たちよりも早く着くだろう。

短い廊下を歩き、階段を降りる。靴音だけが響く踊り場は寂しくて、あやめは「単行本、発売日いつだっけ？」と誰にともなく零した。紡があどけない声で「十五日です」と拾ってくれて、ほっとする。

その安心感が伝播したのか、凪斗も身体を伸ばしがてら踊り場の空気に言葉を漏らした。

「リハーサルすると、なんか興ざめだよな」

「うち、式系は厳しいからね」

「先輩、卒業する側としてはどうなんですか、リハーサルって」

「まあ、興ざめこそしないが、同じ文を二度読むのが苦痛だな。いっそ違うことでも宣《のたま》って、味変でもしてやろうかと企てるほどだ」

「文ってなんです？」

かかとの潰れた上履きに人差し指を引っかけながら、凪斗が訊ねる。

「答辞に決まっているだろう」

「答辞って、成績最優秀者が読む、あの？」

「それ以外になにがある」

「先輩、首席なの⁉」

「そうだが、言ってなかったか？」

「はぇー、人は見かけによらないんだ」

「桃倉、失礼なリアクションをするな、胸元が寒くなるだろう」

「部長さん、ホントにすごいです」

「白井、尊敬のまなざしを向けるな、襟元が痒くなるだろう」

一階まで降りると体育館が見えてくる。体育館にも外壁工事用の足場はまだ残っていて、どこかよそよそしい雰囲気がある。人気のない渡り廊下に着くと、体育館まであと数歩だ。そこまで来て凪斗は、「浪漫先輩、いろんな才能隠し持ってるな」と自嘲気味に呟いた。

「なに言ってんだ。それは紅藤、おまえもだろう」

廊下を転がる凪斗の声に、先頭を歩く浪漫がぴたりと立ち止まる。

大きな身体がゆらりと揺れ、真正面から凪斗と向かい合う。

「紅藤、あれだけの才能がありながら、なぜ漫画をやめた」

「なんですか、いきなり」

「真剣に訊いてるんだ、俺は」

穴が空くくらいまっすぐな瞳だった。

「なぜ、描くのをやめた」

「……そんなの、よくある話ですよ。一回うまくいって、身の丈に合わない自信だけがついて、調子乗って、失敗して。気が付いたら、やめちゃってた。それだけです」

浪漫は視線を乱さずに、「それだけ、か」と呟いた。

「それだけです。自分よりも漫画が上手い人がたくさんいるって知って、漫画家になるのは俺じゃなくてもいいんだなって思っちゃったっていうか。なんというか、まあ、将軍さんも言ってましたけど、よくある話です」

「なるほど。よくある話だ」

「そっすね」

ぎこちなく笑う凪斗に浪漫は咳払いをひとつ添えてから、「これもよくある話のひとつなんだが」と言葉を継いだ。

「俺もむかし、自分より上手い奴を知って、絶望したことがある」

「先輩が、ですか？」

「小学生の時の話だ。当時、自分の中で一番の快作が三葉社の児童向けコンクールで銀賞だった。学校でも家でも常に上手いと言われていたから、泣くほど悔しかったよ。しかもその時金賞を獲った奴が受賞式の壇上でかましてくれてなあ。将来は絶対漫画家になるって、顔を輝かせて言ったんだ。ホント、ぶん殴ってやろうかと思ったよ。でも、しなかった。代わりに家に帰ってたくさん泣いた。泣きじゃくって、鉛筆を折ろうとして、結局削って、また描いたんだ」

くつくつと笑った浪漫は、「おまえは覚えてないかもな」と凪斗を見据える。

「でもだって……それじゃあ先輩、最初から俺のこと」

「ああ。おまえが仮入部に来た時から知っていた。嘘を吐いていて、悪かったな」

紡もあやめも口を噤んだままだった。

拳を弱く握る凪斗を、ただ見つめていた。

「俺はおまえにもう一度漫画を描いてほしかった。だから手も貸したし、中途半端な態度に強く当たってしまった。紅藤、おまえはさっき言ったな、自分よりも上手い奴がたくさんいたから漫画をやめたと。俺は違った。俺よりも上手いおまえに勝ちたくて、ここまでやってきた。将軍だってそうだ。ああは言うが、今だって描くこと自体はやめてない。やめられないんだ」

本鈴が鳴り、冷えた校舎が動き出す。

風が一陣、渡り廊下を駆け抜けた。

「漫画家になるのは、たしかに誰でもいいのかもしれない。だが俺は、おまえになってほしいと思っている。なあ、紅藤——」

吹き抜けた風に鐘の音は押し流され、彼の声だけがその場に残る。

このまま、嘘つきで終わるのか？

◯

「リハーサルだからって気を抜くなよ！」

太く尖った声に、生徒の背筋はぴんと伸びる。蔵持は「ったく、最初からそうせぇや」と厚ぼったい唇を鳴らして、ざわざわと泡立つ若人たちを睨《ね》め付けた。会場の中央に敷かれた通路を闊歩し、蔵持はひとりの生徒の前に立った。リハーサルがはじまる前から決めていた。こいつの前に立つのだと。

隣のクラスの汐見や堀田をはじめ、多くの生徒がその様子を横目で見ていた。

「紅藤、おまえ、ホームルームはどうした」

「すみません。直接来ました」

「誰が直接来ていいって言った」

「……すみません」

「まあええ。あと一回でもサボったら来年の推薦危ないからな。令大だって競争率は高いんだ。サボればサボるほど校内選考不利になるぞ。わかっとんか？」

「はい。これからは気を付けます」

「口だけは立派やな」

蔵持がふんっと鼻を鳴らして立ち去ると、隣に座るあやめが肘で突いてきた。

「怒られてやんの」

「うっせ」

卒業式のリハーサルは粛々と進められた。昨日のうちに一年生が並べたパイプ椅子に座り、来賓入場、卒業生入場、来賓紹介、祝電披露と、空疎な演技が続いた。

中盤に差し掛かり、在校生代表が壇上に立った。「送辞」と緊張まじりで声を張るその顔は今にも泡を吹いて倒れそうで、危なっかしい。一文、二文読み上げたところで、教頭が「はい、残りは本番のお楽しみね」と切り上げさせて、在校生代表はようやく息を吹き返した。

「それじゃ、続きから」

教頭が手で促して、リハーサルは再開する。

進行役の生徒が澄んだ声で式次第をなぞっていく。

「続きまして、卒業生のことばです。卒業生代表、漆川浪漫さん」

「はい」

浪漫の太い声が体育館を内側から叩く。背筋の伸びた身体はいつもより大きく見え、得も言われぬ凄みがある。浪漫は壇上に立つと、在校生の気持ちを知ってか知らずか、深く息を吸い込んでから、張りのある低い声で「答辞」と読み上げた。

「迫力あるね、部長」

「ああ、そうだな」

二人で静かに笑っていると、凪斗の携帯電話が音を立てて震えはじめた。

「凪、式中くらい切っときなよ」

「おう」

言葉とは裏腹に、ポケットに戻しかけた手はぴたりと止まった。ディスプレイに表示されているのは「母」の一文字だ。

なにかあったのだろうか。

バレないように通知を開くと、鈍い寒気が全身を這った。

「どったの、凪」

気が付けば、凪斗は跳ねるように立ち上がっていた。低く均《なら》された生徒の群れの中でひとり浮いている。熱を帯びた視線が束となり、首や腕に纏わりつく。凪斗はそれを意にも介さず、ただ立ち竦んでいた。

「凪、座りなって――」

「紅藤ぃ！　おまえ、式の練習までサボるのかっ！」

袖を摑んだあやめの努力も虚しく、彼の姿は蔵持に捉えられてしまった。怒気を孕んだ野太い声。会場がざわつきはじめる。

「凪、早く座ろ」

ようやくあやめと視線を絡めた凪斗は、明らかに狼狽えていた。呼吸も荒く、顔色も悪い。彼の尋常ならざる様子に、あやめも何が起きたかを理解した。

けれど、どうしたらいいのか、わからない。

「問題ばかり起こすと推薦出せないって、さっきも言ったよなぁ」

「……すみません」

凪斗は合わない焦点を放っておいて、ひとまず謝罪の言葉を紡いだ。しかし、蔵持の怒りは収まらない。「おまえ、謝ればいいと思っとるやろ！」と鋭い声を上げ、目の前の生徒を威圧する。周囲の教師も集まってきて、リハーサルは突として停止した。

壇上にいる浪漫も、不穏な空気に眉をひそめる。

「蔵持センセ、落ち着いてください」

「こいつぁ学校を舐めとるんですよ。のぉ、紅藤」

凪斗は掠れた声で、「すみません」ともう一度答えた。それ以外、言葉が出てこなかった。胸の内では、大丈夫、まだ大丈夫、と繰り返し呟いている。まだ大丈夫。波は、まだ――。

溢れ出そうな衝動を落ち着けるため、凪斗は身体を折り曲げ、席に着こうとした。

その時だ。壇上のマイクが、強くハウリングした。

周囲の視線が一斉に、壇上の男に収束する。

「身体を曲げるな、上を見ろ！　自分のために手を伸ばせ！」

力強い言葉に、凪斗の焦点も壇上で結ばれた。マイクを握り締めた浪漫が、壇上から凪斗を見つめ、叫んでいる。

「聞け、紅藤！　夢を諦めるなとは言わん！　自分に嘘を吐くなとも言わん！　けどせめて、せめて大切な人のために吐いた嘘くらい、貫き通せ！」

周辺にいた教師に取り押さえられる浪漫。大きな身体が、マイクから引き剥がされていく。キィンと耳障りな音が鋭く響く。

「なに突っ立ってやがる！　走れ、紅藤！」

きついハウリング音を掻き消すように、浪漫は最後に一層大きな声で叫んだ。

壇上に組み伏せられた浪漫を見て、あやめは咄嗟に凪斗の袖を引っ張っていた。

「凪ッ」

「あやめ、俺……」

今にも崩れてしまいそうな凪斗が映る。

あやめは潤んだ瞳を、ぎゅっと瞑った。

「ばかっ！　はやく行くよ！」

凪斗の手を取り、立ち上がる。「桃倉、おまえまで不良気取りか！」と蔵持に肩を摑まれ、身が揺れた。あやめのブレザーは肩からはだけ、胸ポケットから何か零れ落ちる。

「離してください！　二藍さんのところに行くんです！」

「なに言うとる！　二藍のことはおまえらが心配せんでええ！　それよりも今は式の練習に集中しろ！　学生やろ、おまえら！」

蔵持の一喝に、あやめのみならず周囲の生徒もたじろいだ。遠巻きに眺めていた汐見も、蔵持の威圧感に思わず膝の上で手を握る。

「桃倉、今がどれだけ大事かわかるやろ。この馬鹿に倣って、大切な時間を無駄にすることない。俺ら教師は、正しいことを言うとる。だから、おまえは俺らの言葉を信じてればいいんや。自分から間違った道に進むことない。な、そやろ？」

赤子をあやすような蔵持の声に、張り詰めていたあやめの心はぱんっと弾けた。「そんなこと、わかってますよ」と呟いて、目の前の大人をきつく睨む。

「わかってるから行くんです。今が大事だから行くんです！　たとえ間違ってても、今ここで行かないと、あたしは絶対に後悔する！」

あやめの言葉に顔を赤くした蔵持が「あほんだら！」と腕を振りかぶった瞬間、細長い影が会場を駆け抜けた。それは汐見の前をさっと横切り、蔵持の下腹部に勢い良く突き刺さる。

「おい！　なにすんじゃ、堀田！」

「凪斗、桃倉、いけぇ！」

野球部の元主将、堀田佑が声を張り上げた。

「おまえらの事情はわからねえ。正しいとも思えねえ。でも、桃倉の言うとおりだ。今は、今しかねえんだ。大人は、こんな簡単なこともわからねえ！」

「やめろ、堀田！」

「うるさい、俺はやめない、絶対やめないからな！」

体育館に響く堀田の声。正気を取り戻したあやめが、凪斗の手を取る。

「凪、行くよっ」

凪斗は無言で頷くと、背筋を正して駆けだした。その背中を見て、ふたつの影も動き出す。教師の制止は届かず、体育館から生徒が数人、漏れだしていく。

「あほが！　戻ってこい！」

堀田を引き剝がした蔵持の怒号は、空を切った。


「凪、あたしの自転車使って」

「その前に部室寄らないと」

「そんな時間ないでしょ！」

部室棟に飛び込むと、あやめはキーホルダーのついた小さな鍵を凪斗に握らせ、彼の背中を叩いた。それから階段の前で立ち止まり、息を整える間もなく言葉を繋ぐ。

「絶対に漫画は届けるから、凪斗は自転車とって裏門まで来て」

　彼女の真剣な表情に、凪斗は「わかった」と言うしかない。身体を前に向け、駆け出そうとした彼の背に「凪」と穏やかな声がぶつかった。

「どうした、あやめ」

「凪はさ、凪は、きっと漫画家になれると思う」

　崩れそうな彼女の表情に、凪斗は「なんだよ、それ」と笑ってみせた。

　あやめもそれを見て、洟をすすってから、軽く笑む。

「早く行きなよ。二藍さんによろしくね」

「ああ、行ってくる」

　凪斗は言って、駆け出した。小さくなっていく背中を少しだけ眺めて、あやめも階段を駆け上がる。携帯電話で紡にメッセージを飛ばしながら、階段を一段飛ばしで跳ねていく。

　息を整えるために立ち止まった踊り場には、澄んだ冬の陽が満ちていた。ちょうど昼前、あやめの大好きな時間だ。

　そっと窓ガラスを見る。ルビーみたいな髪の毛が揺れていた。

　やっぱり綺麗だな、あたしの髪。

あやめはふっと笑って、それから再び、階段を蹴った。

◯

四階へ上がる踊り場で、あやめは歩を止めた。胸ポケットに入れた指に手ごたえがない。じわりと、嫌な予感が脳を撫でる。

部室の鍵、どこかに落としたんだ。

気付いた瞬間、全身から血の気が失せた。口端は意に反して持ち上がり、乾いた息が地面に垂れる。手は震え、膝が笑い出す。

どうすればいい。混乱する頭で考えるが、なにも出てこない。こうしている間にも今は過ぎていき、なにもかもが手遅れになってしまう。

あやめは頭を抱え込んだ。

どうしよう。

「――桃倉ッ」

どこからか声がした。小さな声だ。耳を澄ます。自分を呼ぶ声が徐々に大きくなっている。

「桃倉ッ！　窓開けろ！」

今度ははっきりと聞こえた。窓の外だ。窓の外から聞こえてくる。

あやめは思い切り窓を開け放った。急に開いた通り道に風は吹き乱れ、視界が一瞬奪われる。ぐっと瞑ってしまった目を力任せに開くと、声の主が瞳に映った。

「……汐見？」

体育館全体を囲う、外壁工事用の足場。そこを汐見が登っている。

教師たちが地上から「降りなさい！」と声を上げている。

「桃倉、そこで待ってろ！」

二階の高さまで登った汐見は、その時にようやく気が付いた。

ここからでは届かない。いくら軽い鍵でも、私の肩では届かない。

三階の足場は既に撤去されている。渡り廊下の上、部室棟の方まで延びる足場もあるが、撤去途中なのか防風ネットがなく、素人目にも危険に見える。教師を引き付けるためにここに登ったのが裏目に出てしまった。

ちくしょう。

汐見は舌を大きく打った。

「こら、戻れ！」

下から蔵持の声が近付いてくる。猶予はない。汐見はブレザーを脱ぎ捨てて、渡り廊下の上に向かった。撤去途中の足場に飛び移ると、鋭い春風に足元をすくわれそうになり、身がすくむ。

「汐見、おまえまでなにやっとんじゃ。こっちへ戻れ、おまえは物わかりのいい子だろうが！」

「そうよ、汐見さん、戻って！」

大人たちの声を嚙んで、汐見は笑った。

彼女は自分がどういう風に見られているかを知っていた。幼い頃から物わかりは良かったから、大人の求めていることなんて手に取るように理解できた。大人たちを喜ばせる上手な嘘の吐き方だって、学ばずとも知っていた。

自分のやりたいことをちょっと我慢するだけだ。言いたいことを呑み込んで短い返事をするだけだ。笑いたくない時に笑うだけだ。その程度の簡単なことだ。

「戻れ、汐見。気の迷いで人生を棒に振るな」

だから今だって、汐見はそうすることができる。「すみませんでした」と申し訳なさそうな顔をして、ここから降りて、頭を下げればいい。けれど、汐見はそうしなかった。

そんなかっこわるいこと、あいつの前でできるわけないじゃん。

汐見は胸の内で呟き、助走をつけた。

あいつに見られている時だけは、そんな姿、死んでも晒したくない。

自分の求めていることに、嘘を吐きたくない。

一時の気分に迷えない人生なんて、くそくらえだ。

「受け取れ、桃倉！」

腕を大きく振った。ひとつ上の階に届くように、ちぎれるくらいに強く振った。放った鍵は弧を描かずに、一直線に宙を滑る。まばたきもしないうちに、

「きゃっ」とあやめの悲鳴がした。

一秒、それとも二秒か。ほんの一瞬の間に、汐見は何度息をしたかわからない。肺が軋み、四肢から血の気が抜けていく感覚すらある。

息を整えていると、あやめが小さな鍵を掲げ、窓の内から現れた。

「汐見、ありがとう！」

「うるさいばか！　早く行け！　早く行って、後悔してこい！」

汐見は立ったまま、一息にそう言い切った。あやめはもう一度、「ありがと

う」と手を振った。その顔は笑って見えたが、頰を這う水滴が太陽の光を強く反射していた。

あんた、嘘下手すぎるよ。

汐見は細く息を吐きながら笑った。

でも、桃倉らしいや。

蔵持に捕らえられた汐見は、大人しく地面に降ろされた。周囲を囲む教師の視線も声も、身体を素通りして風に溶けていく。目も耳も、今は彼女を追っていた。自分から徐々に遠ざかっていく友人の姿を、汐見はずっと、追っていた。

○

人気のない教室。同じ形の窓。掲示物に塗れた壁。クリーム色の引き戸。埃を被った消火器。誰もいない廊下を走っていると、なんだかここが作り物の世界のように思えてくる。

下駄箱にたどり着いた凪斗は上履きを脱ぎ捨てた。慌てて地面に放り投げたローファーにうまく足先が入らなくて、つんのめる。てん、てん、てんと三歩だけ跳ねて、体勢の戻るままに、また駆けだした。

肺が大きく膨らんでいるのがわかる。呼吸は汗に濡れているのに、喉はひどく渇いている。吐く息が白くならなくなったのは、いつからだろう。そんなどうでもいいことが、頭をよぎる。

駐輪場に着くと、あやめの自転車はすぐにわかった。教師にそれとなく注意されていた、派手なクロスバイク。前輪と柱を結ぶリング状の鍵はずっしりと重くて、それがそのまま、この自転車に対するあやめの気持ちのように思えてくる。

キックスタンドを蹴って勢いよく跨ると、足が接地しなくて軽くふらついた。

あやめって、こんなに脚長かったっけ。

こんな時にそんなことを考えてしまう自分に嫌気が差して、凪斗は後ろ髪を強くかき上げてから、ペダルを踏み込んだ。

学校の敷地の外縁を沿うように自転車を走らせて、部室棟の傍にある裏門に向かった。部室棟を見上げると四階の窓が開いている。あそこから投げ落とすのだろうかと考えていると、裏門の前にいる少女の姿に気が付いた。

「白井、追いかけてきたのか」

鋭いブレーキ音に、紡はしっかりと頷いた。「あやめ先輩が上から投げ落としてくれました」と語りながら、肩に掛けたスクールバッグを凪斗に手渡す。

「中に、漫画が入ってます」

「うん。ありがとう」と言う凪斗に、紡は一瞬なにか言いかけてから口を噤んだ。「どうした」と尋ねる凪斗の顔を見ようともせず、噤んだ口をゆっくり開く。

「私、凪斗先輩のことが嫌い、でした。今もたぶん、好きではありません」

ぽたぽたと零れる言葉とともに、地面がわずかに濡れていった。

「でも、波先輩を救えるのは、凪斗先輩だけなんです」

肩は震え、嗚咽が漏れる。解けた心から、言葉が溢れ出す。

「凪斗先輩しかいないんです。私は卑怯だから、波先輩のつらい姿は見ないようにしてきたから、だから、最期に立ち会う資格なんてないんです。波先輩を笑顔にするのは、私じゃダメなんです」

「白井……」

「凪斗先輩。波先輩のこと、よろしくお願いします」

紡は言って、頭を下げた。

「わかった。ちゃんと波に届けるから」

凪斗は受け取ったスクールバッグをリュックみたいに背負って、車輪を回した。洟をする音は、すぐに聞こえなくなった。彼女が泣き止んだのか、それとも単にふたりの距離が離れただけなのか、凪斗はこれから先もきっと、知ることはない。

緩衝材代わりに詰められた兎のクッションが、汗に冷えた背中を温めていた。

河川敷を飛ばし、住宅街を抜け、ようやく病院の影が見えてきた。小高い丘の上にある、萩色の建物。何度も訪れた、波の居る場所。

凪斗は駐輪場に自転車を停めて、正面玄関に飛び込んだ。

待合室には普段通りの光景が広がっていた。上の階でいくつもの命が明滅していることなんておくびにも出さず、淡々と日常が紡がれていた。天井は蛍光灯に照らされて明るくて、誰かの涙が雨漏れみたいに垂れてくることもない。人がいるのに作り物じみていて、誰もいない学校の廊下よりも、薄ら寒く感じられてしまう。

あまりの温度差に凪斗が足を止めていると、誰かが急に、彼の右腕を摑んだ。

その人物は「早く、こっちきて」と小声で放って、凪斗の身体を力任せに攫っていく。エレベーターの前まで来ると、彼女は凪斗から手を離した。「ほら、自分で歩く」とまたも小声で言い放ち、上階へ向かうボタンを気忙しげに連打した。

「あちゃー、どっちもなかなか来そうにないね。しょうがない、階段使おう」

「萌恵さん、どうして」

「波ちゃんの後輩から病院に電話があったの、あなたがこっちに来るって。波ちゃんに、渡すものがあるんでしょう?」

階段に足をかけ、萌恵は探るように凪斗を見た。凪斗は黙って頷いた。

「なら、会っていきなさい。本当は面会謝絶なんだけど、波ちゃんの親御さんにも話は通しておいたから」

「いいんですか。この前、大人はルールを守るものだって……」

「本当に大切なものを守るためなら、ルールのひとつやふたつ破るわよ。大人だってね、血の通った人間なのよ」

「萌恵さん、その……」

「お礼ならいらないよ。人として当然のことをしたまでだから」

「かっこいいっすね」

波の病室の前に立った萌恵は、「でしょ?」と破顔する。

「それじゃあ、波ちゃんによろしくね」

萌恵の手が引き戸に触れた。からからと軽い音を立て、波と世界を隔てる扉が取り払われていく。

凪斗が病室に入ると、萌恵はゆっくり扉を閉めた。

扉の内側には、二人だけの世界が広がっていた。そこは静かで、匂いもない。射し込む光は無色透明で、温度も持たない。この部屋で生きているのは、波と凪斗だけ。

「波、起きてるか」

「うん。なんとか眠らずに済んでるよ」

薄く目を開け、波は微笑む。

枕元に置いてある月面兎のクッションを指差して、「かわいいでしょ、これ」と口元を優しく緩めた。

「そんないいやつ、どこで手に入れたんだよ」

「ふふっ、内緒」

「なんだよ、ケチだな。——そうだ、俺も今日な、いいもの持ってきたんだ」

ベッドの脇に腰掛け、スクールバッグを見せびらかす。詰め込まれたクッションが彼女の目に映らないように低い位置でジッパーを開いて、中から一枚の写真を取り出した。

「まずはほら、これ」

「え、なに?」

「いいから、見てみろって。手芸部のあの子から預かったんだ」

写真に写るのは、不格好な光景だった。夕陽の射し込む小さな部屋。綺麗に並べられた学習机。机の上には色とりどりな布の切れ端があって、針や糸がきらきらと光をはね返している。部屋の中心にいるのは、華奢な宇宙飛行士だ。『手を伸ばせ!』の作品ロゴが入ったタオルを胸の前に掲げて、立派な脚で立っている。

「紡ちゃん、この前来た時は全然手をつけてないって、言ってたのに」

「まだ完成したわけじゃないんだってさ。一緒に仕上げしましょう、なんて言ってたっけな」

「そっか。頑張ったんだね、紡ちゃん」

「みたいだな。波も頑張って、期待に応えないとな」

そうだね、と笑う波は知らない。ヘルメットの内側に押し込められた紡の気持ちを、頬に差した紅や、流れ落ちた涙の数を。

頑張ったんだ、本当に。おまえに見せたくて、頑張ってたんだよ。

凪斗は言えない。ヘルメットの内側を知っているから、伝えられない。

あいつだって、知ってほしかったはずだ、言いたかったはずだ。あなたに見せたくて頑張ったのだと、笑わせたくて頑張ったのだと、抱き着きたかったはずだ。

涙をこらえて項垂れた凪斗のつむじに、乾ききった咳がぶつかった。「ごめん、平気だから」と顔の前で振られる彼女の手は細くて、頼りない。

凪斗はせめて、彼女の両手に収まりきるだけの話はしようと、「波、もうひとつあるんだ」とスクールバッグから一冊の本を取り出した。

それを見た波の目は、みるみるうちに丸くなった。

「もしかして、それ……」

「そうだ。『手を伸ばせ！』の新刊だ」

「本当に？　本当に、出たの？」

「なに言ってんだよ。本当に出たんだよ。だから、ここにあるんだろ」

「すごい、出たんだね、ついに」

波はふっと目を細めた。「すごい、すごいよ」と小さく連呼するばかりで、手に取ろうとはしない。凪斗は「読んでみろよ」と、波の手を取った。

「でも、いいのかな。私、今、漫画も禁止されてるんだけど」

「いいんだ。ルールなんて破ってなんぼだろ？　今開けるから、待ってろ」

「いけないいんだ」

波が笑う。残り少ない命が漏れるような気がして、凪斗の目は熱くなる。溢れ出てきそうな涙を押し殺すように、凪斗は無理に笑ってみる。

「買った店が立ち読みに厳しい店でさ、ほら、ビニールの包装もこんなぴっちりしてんだぜ。切れ目もないしさ、開けるのに苦労するだけだっての」

「ほんとだ、ぴちぴちだね」

「だろ？　ほら、ようやく開いた。自分で読めるか？」

「うん。読めるよ」

彼女の腕が単行本を受け止める。雪を固めて作ったみたいなその腕は、いつ崩れてもおかしくはない。

波は最初に表紙を撫でた。表紙を飾るのは、二人の距離の近さとこれから離れる距離の遠さが描かれている、あやめの自信作。月面に立つ主人公とヒロインが手を繋いで地球を眺めている絵。

「すごい、素敵な絵」

呟いて、それから帯に目を遣って、「そっか。完結、したんだね」と目尻を下げる。

「あれ、言ってなかったっけ」

「うん。でも大丈夫。そんな気はしてたんだ」

微笑みがちに表紙を捲った波は、今度はふっと弱く吹きだした。「どうした？」と尋ねる凪斗に、カバー裏の写真を指さす。

「先生、老けたね」

皺の増えた、著者近影。凪斗が文房具店に押しかけて、撮影したものだ。

「先生も歳くらいとるだろ。それよりほら、早く読んでみろよ」

「凪斗、せっかちになった？」

「俺は昔からせっかちだよ」

「そうだったかも」

「そうだっただろ」

「なんだか、懐かしい絵」

「ああ、久しぶりの新刊だからな」

「そうだね――。あ、ここ、四巻で二人が待ち合わせしてたカフェ」

「うわ、ほんとだ」

――――。

「なんだか、ふふっ、可笑しな結末」

ゆっくりと時間を掛けて読み終え、波はそう言った。

「お、おかしいかな」

「なんで凪斗が気にするのよ。ううん、私は好き。土星の環っかをハートにしちゃうなんて、ロマンがあるじゃない？　それに――」

「それに？」

「みんな、笑ってた」

「ああ、そうだな。みんな笑ってた」

「凪斗、なんで泣いてるのよ」

「なんでかな。なんでだろ」

涙で頬を濡らす凪斗を見て、波は静かに微笑んだ。

「この漫画は、本当に傑作だよ」

波はあの頃みたいに笑っていた。

ふたりでリビングに寝っ転がっていた時の顔で、優しく笑っていた。

「ねえ、凪斗」

「どうした？」

「私ね、凪斗にひとつ、嘘吐いてるんだ」

「……波が、俺に？」

「うん。でも、秘密」

波はもう一度、笑った。

単行本を大事に抱きしめて、今度は初めて見せる顔で笑った。

「発売日、いつもより早くて良かった」

最後に小さく、そう呟いた。

それから二週間眠り続け、波は空の向こうへ旅立った。

エピローグ　ある日の渚から

駅前に堆《うずたか》く残る雪の量に、あやめは少々驚いた。もう三月も下旬だと言うのに、春を感じさせるものは空の色しかない。頭の内で結んでいた常識がゆっくりほどかれていくたびに、自分は遠くに来たのだと思い知る。

剝き出しの手をコートに入れて、マフラーに顔を埋める。冬の空気に喉が渇く。まだ数回しか来たことのない駅だが、コンビニの場所は覚えていた。中に入ると暖房で膨らんだ空気が鼻をくすぐった。思わず、くしゃみが出そうになる。バスが来るまではまだ時間があるから、それとなく、漫画雑誌を手に取ってみた。巻末までぱらぱらと捲り、目次代わりの作者コメントに目を落とす。本名そのままの筆名と、少し気取った、灰汁《あく》の強い一言が目に入ると、口の端は意図せず上がり、ちょっと悔しい。

今はもう行く権利のないあの部屋、その一番奥でふんぞり返っていた彼の姿を嫌でも思い出す。そして同時に、一年前に遠くに行ってしまったあの子のことも、思い出すのだ。

ふぅと息を吐いて、ドリンクコーナーを見回した。カフェオレもりんごジュースもオレンジジュースも、今の気分には似合わない。いつもみたいに惰性でコーラに指を掛けてから、やっぱりやめて、温かいお茶を買う。

暖房の効いたコンビニを出ると、この世界の冷たさに改めて身震いした。バスはまだ来ない。あやめは思いついたように駅前を歩き回った。雪がたくさん残っている場所で、逆光にならない位置を求めて、キャリーケースを曳いた。ようやく、ここだ、と思える場所に出逢えると、雪と自分が写るように携帯電話で写真を撮った。

顔、変じゃないよね。

なんて、軽くチェックを入れてから、写真をメッセージに添付する。送り主の名前を確認してから、もうひとりだけ、友人のよしみで追加してみた。

「よしっ」

送信ボタンを押して時間を確認すると、バスが来る時間になっていた。

まずは友達作り。それで、慣れてきたら彼氏も作ろう。

ひとりで渡るには広すぎる横断歩道の前に立ち、そんなことを思う。

信号が青に変わると、あやめは迷わず、踏み出した。

雪解け水に濡れた路面が、ちらちらと透明に煌めいていた。


携帯電話の震えに、背筋がぴんと伸びた。差出人の名前を見て、背筋はすぐにふにゃりと戻ったが、彼はそのことにすら自覚がない。

インターホンに伸びた指を下ろして、素っ気ない様子で携帯電話を軽く叩く。

『こっちはまだ雪残ってる』

マフラーを巻いたあやめが、澄ました顔でこちらを見ていた。笑ってもいないし、怒ってもいない、真顔というには作り込まれていて、思わず短い笑いが零れる。

どんな顔だよ、それ。

指の動くままに写真を保存して、それから、すぐに消した。

彼女の気持ちを自分はどれほど理解できただろうか。あるいは、理解しようとしただろうか。やみくもに突っ走る自分の隣に、彼女はいつだっていたはずだったのに、今では違う道を歩んでいる。分かれ道はどこにあったのか。思い返せばたくさんありすぎて、いつ離れてしまったのかはわからない。

彼女が遠く離れた美術系の大学へ進学すると知ったのも、夏を過ぎてから。高校三年生の最後の文化祭。その最終日に、彼女から聞かされた。

呼吸を整える。セピア色の身体に、春の空気を取り入れる。

ふっと短く息を吐いて、ようやく、インターホンを押し込んだ。

「お久しぶりです」

「凪斗くん、久しぶりね。さ、上がって」

久しぶりに訪れた二藍家は、以前よりもいくらか小さく感じられた。自分の身体が大きくなったのだと前向きに考えて自信をつけてみる。

居間に着くと、真っ先に波に会いに行った。久しぶり、と心の内で呟いて、彼女の前に腰を落ち着ける。お茶を淹れながら、「さっき後輩の女の子も来てたのよ。白井さん、わかるかしら？」と語る波の母親の声に、「白井、来たんですね」と言葉だけ返して、凪斗は静かに手を合わせた。

紡とは、校舎ですれ違っても会話をすることはない。互いに一瞬目を合わせて、それだけだ。あやめとは度々連絡を取っていたようだが、それがいつ頃の話だったのか、またその具体的な内容も、凪斗は知らない。

線香に灯る火をしばし眺めてから、凪斗は仏壇に不思議な封筒が立て掛けられていることに気が付いた。宛名に「作者様へ」とだけ書かれた封筒だ。

凪斗がそれをじっと見ていたからだろう、波の母親は、「ああ、それは」と封筒を摘まみ上げ、凪斗の横に腰を下ろした。

「ファンレターよ。私たちも一年経ってようやく落ち着いてね。波の遺品を整理してたの。そしたら、漫画の間から出てきてね」

「ファンレター、ですか」

「そう。たぶん、あの漫画の作者さん宛だとは思うんだけど、波、最期は意識が朦朧《もうろう》としてたからか、間違えて凪斗くんの家の住所を書いてて」

「俺の家？」

「そう。あなたの。波が自分の家以外で覚えてるの、毎年年賀状を出してた、あなたの家くらいだもの。きっと、勘違いしたんだわ」

凪斗の手にファンレターが渡ると同時に、電話が鳴った。波の母親は「ごめんなさい、お父さんから」と言って、腰を上げる。

「それ、読んでもいいからね」

「いや、でも」

苦しそうな顔をした凪斗に、波の母親は「あなたも作者でしょう」と微笑んだ。

リビングにひとり残された凪斗は、封筒の裏を見た。封じの部分にハートの環っかを纏った土星の絵が描いてある。

凪斗はふっと笑ってから、開いてみた。

封筒の中には青い便箋が二枚。

それは、少し丸みを帯びた、彼女の字で占められていた。

拝啓　『手を伸ばせ！』の作者様
『手を伸ばせ！』の完結、おめでとうございます！
たくさんお伝えしたいことはあるのですが、まずは、作品の感想から伝えさせてください！
『手を伸ばせ！』は、本当に素晴らしい作品でした！　長年読み続けてきましたが、特に最後の三話は、私が今までに見たどんな漫画よりも楽しく、明るく、そして笑えるものでした。

正直、びっくりする展開も多かったですが、本当に面白かったです。

大変なことも多々あったかと思いますが、最後まで書き続けてくれたことがなにより嬉しかったです。

私事ですが、本当に幼い頃から、先生の漫画を読むことだけが楽しみでした。退屈なことばかりの毎日の中で、先生の描く絵が、お話が、私のなによりの支えでした。

もっともっと先生の漫画を読んでみたかったと、今になって思います。

笑えるお話だけじゃなく、悲しいお話も、怖いお話も、不思議なお話も。

あなたが描くすべてを、この目で見てみたかったです。叶わない夢だけど、本当にそう思っていました。

さて、書きたいことはまだたくさんあるのですが、たくさん書いて先生を困らせたくはないので、最後にひとつだけお願いを書こうと思います。

私のワガママです。聞いてください。

あなたにはこれからも、ずっとずっと漫画を描き続けてほしいです。

周りに何と言われようとも、漫画を描くことをやめないでほしいです。

大先生であるあなたなら、きっとできるはず。

最後になりますが、素敵な傑作をありがとうございました。

これからも遠くから、こっそり応援しています。

あなたのファン　二藍波より

波の母親は玄関口に立ちながら、娘の友人を眺めていた。スニーカーの靴紐を締める彼の指は、叶わぬとわかっていても、娘に見せてやりたくなる。

「またいつでも来てね。波も喜ぶわ」

「ありがとうございます」

彼が笑うと、娘もつられて笑った気がした。

「頑張ってね」

「はい、頑張ります」

彼が戸を開くと、大きく膨らんだ午後の陽射しに目が眩んだ。

細めた視界の先、かざした右手は以前よりもずっと太く、はなびらを払う指先には、インクの色が濃く染み付いていた。

頭上には不安になるほど剝き出しの空が広がったままだ。けれど、このまま行くのだろう、と凪斗は思う。気の遠くなるような長い長い道のりを、ひとりぼっちで進むのだ。

そうしてたどり着いた先で、彼女になにを語れるだろう。笑える話だろうか、悲しい話だろうか、怖い話、不思議な話、秘密の話。

伝える術は知っている。だから今日も、精一杯描いてみせよう。

緑色の空を。手の届く星を。硬い海を。宝石の夕焼けを。海で咲く花火を。

彼女が好きだと言った嘘みたいに綺麗な嘘の世界を、この手ひとつで、描いていくのだ。

◆この作品はフィクションです。
実在の人物、団体などには一切関係ありません。

双葉文庫

し-44-01

グッバイ、マスターピース

2022年1月16日　第1刷発行

【著者】
新馬場新《しんばんばあらた》

【発行者】
箕浦克史
【発行所】
株式会社双葉社
〒162-8540 東京都新宿区東五軒町3番28号
[電話] 03-5261-4818(営業部)　03-5261-4833(編集部)
www.futabasha.co.jp(双葉社の書籍・コミックが買えます)
【印刷所】
中央精版印刷株式会社
【製本所】
中央精版印刷株式会社

【フォーマット・デザイン】
日下潤一

ISBN978-4-575-52534-2 C0193
Printed in Japan